LE PETIT PRINCE DE HARLEM

MIKAËL THÉVENOT

ROMANS
DIDIER
JEUNESSE

Retrouvez la playlist jazzy de l'auteur sur Deezer en suivant ce lien : http://bit.ly/dj-playlist-harlem

1. *It Could Happen to You*, Sonny Rollins
2. *I'll Be Seeing You*, Tony Fruscella
3. *Can't We Be Friends?*, Ella Fitzgerald et Louis Armstrong
4. *Mood Indigo* (1990 Remastered Version), Louis Armstrong et Duke Ellington
5. *Dragon Blues*, Meade Lux Lewis
6. *Day In Day Out*, Billie Holiday
7. *The Sidewinder* (1999 – Remaster), Lee Morgan
8. *My One and Only*, John Coltrane et Johnny Hartman
9. *Summertime*, Charlie Parker
10. *Walking To New Orleans*, Fats Domino
11. *Feeling Good*, Nina Simone
12. *Swing Piece*, Manu Katché
13. *Frenchmen Street Blues*, Jon Cleary
14. *September*, Mark Guiliana Jazz Quartet

À Viviane, ma maman.

Place Congo, La Nouvelle-Orléans, Louisiane,
mai 2018

Un vieil homme s'assied sur un banc.

Il installe sa valise à roulettes bricolée de toutes pièces à côté de lui, et sort un cahier tout neuf d'un petit sac de toile grisâtre qui, à une époque, devait être bleu.

Il croise les jambes, pose le cahier sur ses genoux, sort un stylo et commence à griffonner.

*

« Monsieur, tout va bien ? »

Le vieil homme redresse la tête.

« Oui, oui, monsieur l'agent. Tout va bien. »

Le jeune officier est un peu déstabilisé, pris au dépourvu par l'intensité et la profondeur du regard du vieil homme. Le vieux replonge dans son cahier. La lumière du jour commence à tomber.

« Vous savez où dormir ? reprend le jeune homme. Il y a un foyer pas très loin d'ici. Je connais les personnes qui en ont la gérance. Des gens très respectables…

– Merci, ça ira. J'en ai vu d'autres, vous savez, répond le vieux tout en faisant glisser son doigt sur les quelques lignes qu'il vient d'écrire. Je sens que je suis bien parti là, je préfère rester ici et continuer mon histoire. J'viens à peine de commencer… »

Un silence s'installe, mais le vieil homme ne tarde pas à relever la tête en souriant malicieusement.

« Ah ! s'exclame-t-il. Vous vous demandez ce que je peux bien écrire, hein ? »

L'officier, qui croyait connaître tous les clochards du quartier, est perplexe.

«Je me demandais surtout si vous aviez mangé quelque chose aujourd'hui.

– Quelle question ! Trois repas par jour ! Toujours ! C'est le secret de ma forme, précise le vieux en chuchotant, comme si quelqu'un était en train de les épier. Mais j'essaie de me surveiller en ce moment. Regardez-moi ça ! »

Il pose une main sur son ventre et, en quelques secondes, ce dernier triple de volume, comme si une citrouille venait de pousser à l'intérieur. Le vieux ricane, malgré les gargouillis émis par son estomac qui trahissent la faim qui l'assaille.

Le jeune officier sourit et s'assied sur le banc.

«Vous savez que vous m'intriguez avec votre cahier. Quel genre d'histoire écrivez-vous ?

– C'est encore un petit peu tôt pour en parler.

– C'est une histoire vraie ?

– Ah ! Je crois bien, oui ! Mais ça s'est passé il y a tellement longtemps que, parfois, je me demande si c'est vraiment arrivé... »

La main posée sur sa valise à roulettes, le vieux commence à tapoter un rythme qu'il reprend bientôt avec son pied droit.

«Vous saviez qu'à une époque où même moi je n'étais pas né, la place où nous nous trouvons s'appelait la place des nègres ? C'était là qu'on vendait les esclaves.

– Non, je ne le savais pas. Par contre, je sais que le jazz est né ici !

– C'est ce qu'on raconte, c'est vrai, répond le vieux dont le regard et les réflexions semblent se perdre au loin tout à coup. Le jazz ! » finit-il par laisser échapper dans une espèce de murmure contemplatif.

Le jeune officier hoche la tête sans rien dire. Puis il lève les yeux vers le ciel.

« La nuit sera douce, déclare-t-il finalement, dans un bâillement. Vous me la raconterez, cette histoire ?

– Quand elle sera finie, oui, peut-être que je vous laisserai la lire. »

L'officier se lève et sort de son sac à dos un petit paquet marron qu'il dépose sur le banc.

« J'ai eu les yeux plus gros que le ventre, je crois. Si jamais vous croisez quelqu'un qui n'a pas mangé… C'est une muffuletta[1].

– Vous essayez de m'acheter ? Parce que si c'est ça, je vous le dis tout de suite, ça ne sert à rien. Vous ne saurez rien de mon histoire avant que je l'aie terminée.

– Je suis patient. Je repasserai… »

Le vieil homme, le regard pétillant, regarde le jeune officier disparaître puis laisse la pointe de son stylo reprendre sa course sinueuse sur le papier de son petit cahier.

Il y a des événements dans une vie qui sont plus importants que d'autres. Parfois, sans qu'on s'en rende forcément compte, une rencontre, une conversation changent le cours de notre existence, nous ramènent à ce que l'on est.

C'est un de ces moments-là qui ouvre cette histoire. Un moment qui change le cours d'une vie.

Mais ça, je ne l'ai compris que bien plus tard.

1. Sandwich typique de La Nouvelle-Orléans à base de salami, provolone, mortadelle et olives.

Partie 1

Harlem, vue du ciel

Chapitre 1

Réminiscences

C'était l'année 1927. Un mois d'octobre, froid et gris, venait de s'abattre sur New York et quelques jours plus tard, j'allais avoir quatorze ans. Je vivais avec ma mère, Eunice, dans un de ces immeubles en brique qui s'alignaient les uns à côté des autres dans les rues de l'East Harlem, au nord de Manhattan. Notre appartement ne devait pas faire plus de quinze mètres carrés. Un vrai trou de souris.

« Les châteaux avec toutes leurs pièces plus grandes les unes que les autres, c'est bien beau, mais c'est un véritable enfer à chauffer », répétait souvent ma mère.

Notre château à nous n'avait que deux pièces. La première, celle où se trouvait le lavabo, c'était notre cuisine et notre salle d'eau. Les toilettes et la salle de bains commune étaient sur le palier. La deuxième pièce, c'était ma chambre. Pendant la journée, on y stockait le matelas de ma mère qui, elle, dormait dans la cuisine. Ma mère, elle tenait à ce que j'aie ma pièce à moi. Avec un petit bureau et une bible dessus. J'aurai l'occasion d'en reparler plus tard, de ce petit bureau. Et de la Bible aussi.

J'étais déjà noir à l'époque. Tout comme ma mère. Et comme nos voisins. Ainsi que tout le reste de Harlem, ou presque. En 1927, les couleurs de peau étaient particulièrement bien rangées.

Je ne suis pas sûr que cela ait beaucoup changé.

*

Il devait être un peu plus de 10 heures. Nous étions tous les deux couchés, ma mère et moi. Les lumières de la rue baignaient l'appartement dans une semi-pénombre. L'immeuble était assez calme. La plupart des gens étaient déjà au lit, morts de fatigue après une longue journée à trimer pour quatre ou cinq dollars. Au-dehors en revanche, la vie nocturne battait son plein. On dit souvent que New York ne dort jamais. Eh bien, croyez-moi ou pas, cette ville, je ne l'ai jamais vue fermer l'œil. Même pas pour une toute petite sieste.

La rue s'agitait et moi, j'avais déjà posé un pied au pays des rêves. Et puis c'est arrivé.

Sans prévenir, un râle énorme a secoué tout le bâtiment. En tout cas, c'est comme ça que je l'ai ressenti. Un son venu des entrailles de la Terre. Un son grave et velouté. Une vraie secousse sismique.

Je me suis redressé dans mon lit et j'ai ouvert grand les oreilles. Le son s'est vite transformé en une mélodie, lente et mélancolique. C'était doux et c'était fort. Épais et envoûtant. Chaud. Rond. C'était incroyable. Et tellement ensorcelant. Les vibrations traversaient mon corps et transperçaient mon âme. Et puis tout à coup, tout m'est revenu en pleine figure. Sans crier gare.

Il n'a pas fallu bien longtemps avant que tout l'immeuble ne se mette à bouillonner. Les portes ont commencé à s'ouvrir, les gens à se rassembler.

« Mais qu'est-ce que c'est que ce bazar ? » entendait-on résonner à travers les cloisons.

Je mourais d'envie de savoir, moi aussi. Je me suis levé et j'ai rejoint ma mère.

Elle avait remonté la couverture sous son menton. Elle grelottait. Elle sanglotait même.

« Qu'est-ce qui se passe, Ma ? »

Elle a sorti le bras de sous la couverture et m'a attrapé la main.

« C'est rien, Sonny. J'ai juste un peu froid, je crois... »

Elle m'a serré la main un peu plus fort. Je ne voyais pas très bien son visage dans l'obscurité, mais j'ai bien senti qu'elle pleurait un peu. J'ai posé mon autre main sur son bras pour la réconforter. Les voix dans le couloir étaient de plus en plus fortes et la mélodie a fini par mourir. Les portes ont commencé à se refermer et, après quelques derniers éclats de voix, le calme s'est réinstallé.

« Allez, Sonny, retourne te coucher. Il est tard. Et la journée sera longue demain. »

Ma mère n'avait pas envie de parler. Je n'ai pas insisté.

Je suis retourné dans ma chambre, me suis remis sous la couverture et ai commencé à fredonner la mélodie dans ma tête. C'était tellement beau. De ma petite enfance, je ne me souvenais de rien. De notre vie en Louisiane avec mon père, rien. Les images, les odeurs, les sensations, elles étaient restées là-bas. Je les avais oubliées. Jusqu'à cette soirée.

Je suis né en 1913 à La Nouvelle-Orléans et j'y ai vécu jusqu'à l'âge de six ans. Jusqu'à la mort de mon père, en 1919. Mon père était parti en Europe quelques semaines avant mon quatrième anniversaire. Là-bas, il s'était battu aux côtés des Français. Jusqu'à la victoire contre l'armée allemande. À peine quelques mois après être rentré au pays et alors que la guerre l'avait épargné, il avait été emporté par une terrible maladie. Une maladie foudroyante. Une saleté qui ne vous laissait aucune chance. Quand on s'est retrouvés tous les deux, Ma et moi, Joseph et elle ont décidé de partir pour New York. Joseph, c'est mon oncle, le frère de ma mère.

À cette époque-là, on a été des centaines de milliers de Noirs américains à fuir l'enfer du Sud pour trouver refuge dans les grandes villes du Nord. Il y faisait beaucoup plus froid, mais on y avait plus de chances de passer l'hiver, me répétait-on sans arrêt. Du haut de mes six ans, je me suis dit que le froid devait tuer les p'tites bêtes qui donnaient les maladies foudroyantes.

On est arrivés à New York au début de l'hiver, un jour de grand vent. Mon premier souvenir de cette ville ? La gifle glacée que j'ai reçue en descendant du train. Et je me rappelle avoir pensé que c'était parfait. On était en lieu sûr. Peu de temps après notre arrivée, ma mère a trouvé un travail dans une usine de gâteaux et m'a inscrit à l'école du quartier. Et on a tout laissé derrière nous. Moi, j'ai même laissé le souvenir de mon père.

Mais dans mon lit, ce soir-là, bercé par cette mélodie qui tourbillonnait dans mon cœur, les yeux fermés, je l'ai revu qui soufflait dans son saxophone. Je me suis souvenu de ses mains qui m'attrapaient par la taille et me posaient sur ses genoux. Il me faisait rire en jouant des notes si graves que ça me faisait vibrer le ventre. J'ai senti à nouveau les clés de son saxophone étincelant sous mes doigts minuscules. Je me suis souvenu de la façon qu'il avait de taper du pied pour battre la mesure. Je me suis souvenu de son rire.

Submergé par l'émotion, blotti sous ma couverture, je me suis demandé comment j'avais pu oublier tout ça.

Chapitre 2

L'oncle Joseph

Le lendemain, je me suis levé et j'ai grignoté un peu de pain que ma mère avait laissé sur la table. Avec un verre de lait. Ensuite, je suis descendu à l'étage d'en dessous et j'ai frappé chez mon oncle, qui n'a pas tardé à ouvrir. Je suis allé embrasser Félicia, ma tante, et Joseph et moi, on s'est mis en route.

« Allez, Sonny, a-t-il dit en refermant la porte, c'est reparti pour un tour ! »

Le matin, ma mère s'en allait très tôt, bien avant que je ne me réveille. Et toute la journée, elle faisait des petits gâteaux qui partaient par cartons entiers dans les boutiques des beaux quartiers. À l'époque, New York comptait déjà plusieurs millions d'habitants. Les petits gâteaux de ma mère, même si tout le monde ne pouvait pas se les offrir, il en fallait un sacré paquet pour rassasier la ville.

Ma travaillait dix heures par jour, debout du matin jusqu'au soir, du lundi au samedi. Autant dire que quand elle rentrait, elle ne rêvait pas à grand-chose à part son lit.

De mon côté, j'allais à l'école ou bien j'accompagnais mon oncle Joseph sur les chantiers. Les écoles dans le quartier, il n'y en avait pas assez pour tout le monde et la plupart du temps, il y avait autant de gamins assis par terre que sur des chaises. Du coup, on essayait de tourner, d'y aller à tour de rôle. Mais ça m'allait plutôt bien. Je savais déjà lire, écrire et compter. C'était bien suffisant. Et il était sympa, Joseph. Il aimait bien rigoler. Et avec ses copains de chantier, on ne s'ennuyait pas.

Moi, j'aurais préféré travailler tous les jours pour aider ma mère. Mais elle n'était pas trop d'accord. Elle voulait que j'aie une éducation.

En sortant de l'immeuble, j'ai relevé le col de mon manteau, il faisait froid. De la rue, on entendait le grondement lointain du métro. Celui qui traversait le ciel avant de replonger dans les entrailles de la Terre. Et les voitures et les bus avaient commencé leur défilé.

Il était encore tôt, mais les trottoirs grouillaient déjà de monde. Les gens marchaient d'un pas décidé. Sauf ceux qui avaient aidé la ville à ne pas fermer l'œil. Ceux-là, ils traînaient un peu la patte. Et il y avait les clochards aussi, blottis dans le creux des murs, comme s'ils cherchaient à se fondre dedans. C'était comme ça, Harlem, quelques riches, beaucoup de pauvres et, entre les deux, les quelques-uns qui n'avaient pas encore choisi leur camp.

Harlem, c'était comme le reste de New York, mais en noir.

« Joseph, t'as entendu la musique hier soir, hein ?

– Si je l'ai entendue ? Tu parles ! J'étais déjà au pieu mais je peux te dire que je me suis relevé vite fait. Il y a des gens qui ne respectent rien...

– Ça venait d'où ?

– Il y a un vieux qui vient d'emménager au cinquième. J'peux te dire qu'il a compris où il avait atterri. On bosse tous comme des ânes ici et il y a déjà assez de ramdam dehors ! Non, mais j'te jure... »

Un nouveau voisin ? Je n'avais pas dû le croiser encore.

« Il a joué du saxophone, hein ?

– Du saxophone, ouais ! Et un ténor avec ça, le plus discret de la famille !

– Ça a fait de l'effet à Ma, ai-je confié après un moment. Je crois que ça l'a rendue un peu triste... »

Joseph m'a regardé quelques secondes puis il a tourné la tête sans rien dire. On a continué à marcher en silence. La mélodie du saxophone résonnait dans ma tête. Elle ne m'avait pas quitté depuis la veille.

*

Quand on est arrivés sur le chantier, à l'angle de la 135e Rue et d'Amsterdam, le contremaître s'est rapidement approché de nous. Et il a posé une main sur l'épaule de Joseph. On avait à peine enlevé nos manteaux.

« Désolé, Joseph. J'ai pas de boulot pour toi aujourd'hui. »

Mon oncle a froncé les sourcils.

« Comment ça, il n'y a rien pour moi ? Ça fait deux semaines que je travaille ici. Et je bosse bien, hein, patron ? Et le petit aussi, non ? »

Mon oncle avait cette capacité à s'énerver très rapidement. Parfois, c'était amusant. Surtout quand ma mère commençait à l'imiter pour se moquer de lui. Parfois, ça l'était moins.

« C'est à cause de ces Blancs, là-bas ? »

J'ai tourné la tête pour voir de qui il parlait. Il y avait effectivement quelques visages pâles, inconnus au bataillon.

« Allez, Joseph, ne complique pas les choses ! Tu sais bien comment ça se passe avec le syndicat. J'te promets que je te fais signe dès que j'ai besoin de quelqu'un. »

Le contremaître et moi, on a attendu quelques secondes la réaction de mon oncle. Les sourcils toujours froncés, il s'est contenté de soupirer et il a remis sa veste.

« Allez viens, Sonny, on n'a plus rien à faire ici. »

J'ai remis ma veste aussi et je l'ai suivi.

« J'te fais signe, a lancé le contremaître en nous regardant déguerpir.

– C'est ça », a marmonné Joseph.

On a remonté la 135e Rue jusqu'à Lenox sans échanger un mot, puis on s'est assis sur un banc.

« C'est toujours pareil avec les Blancs ! Ils te tapent sur l'épaule parce que tu bosses bien, mais dès qu'un des leurs débarque et a besoin de boulot, t'as plus qu'à rentrer chez toi ! Ras le bol ! Des fois, j'me dis que les Blancs d'ici valent pas mieux que leurs cousins du Sud… »

Pendant dix minutes, j'ai écouté mon oncle vitupérer sur la vie en noir et blanc. Moi, je me demandais à quoi allait ressembler la journée. En agitant les jambes parce que j'avais froid.

Et puis un homme s'est approché de nous.

« Un petit tour de loterie ? Ça vous dit ? »

Le type avait l'air enthousiaste. Un peu trop, peut-être. En tout cas, mon oncle l'a dévisagé avec un drôle d'air.

« Oh, Sam ! Tu me remets pas ? Joseph ! On a bossé ensemble, vieux ! L'usine de confection de pantalons de la 124e ? Il y a deux ans… »

Mon oncle Joseph avait une mémoire d'éléphant.

« Le contremaître, on l'appelait "gueule d'amour" parce qu'il avait une sale trogne que même un chien n'aurait pas voulu léchouiller. »

Le visage de l'homme s'est éclairé.

« Gueule d'amour ! Mais oui, ça y est. Gueule d'amour… hahahaha, quel gros plein de soupe c'était, c'ui-là ! Comment ça va, vieux ?

– Bah, tel que tu me vois, ça pourrait aller mieux. »

Mon oncle s'est levé et Sam et lui se sont lancés dans une conversation interminable. D'abord, ils ont parlé assez fort et je n'ai pas fait attention à ce qu'ils racontaient. Puis ils ont commencé les messes basses. Ils se sont même éloignés un petit peu. Là, j'ai tendu l'oreille. Mais je n'ai compris que quelques mots, au gré du vent. Il y avait une histoire de reine, de « bolito » et de billets verts.

Puis mon oncle a attrapé la main de son ami en souriant et bientôt, Sam disparaissait.

« Qu'est-ce que vous avez manigancé, avec ton copain ? j'ai lancé à mon oncle qui souriait toujours.

– On laisse tomber le boulot pour aujourd'hui, Sonny. On rentre à la maison. »

C'est vrai qu'il faisait froid, mais je n'avais pas envie de rentrer, moi. Qu'est-ce que j'allais faire jusqu'au retour de ma mère ?

« Allez, Sonny, fais pas l'gamin ! J'ai trouvé du boulot pour demain et j'veux profiter d'aujourd'hui pour passer un peu de temps avec Félicia. Tu comprendras quand tu seras plus grand ! »

Joseph savait que sa femme était à la maison car c'était là qu'elle travaillait. Ma tante Félicia, c'était la dame couture de tout le quartier. Et elle était sacrément douée. Elle réparait les vieux habits avec tant d'habileté que, parfois, après être passés entre ses doigts, ils avaient l'air plus neuf que ceux qui sortaient du magasin. J'ai hoché la tête en signe de reddition.

Contrairement à ce qu'il s'imaginait, je savais très bien ce qu'il avait derrière la tête. J'allais quand même avoir quatorze ans. Mais je n'ai fait aucun commentaire et je l'ai suivi sans protester.

Cela faisait longtemps que mon oncle et ma tante essayaient de me faire un cousin ou une cousine. Et ça les rendait souvent tristes de pas y arriver. Sur le chemin du retour, j'ai croisé les doigts dans ma tête pour qu'enfin un bébé vienne construire sa cabane dans le ventre de ma tante.

Quand je suis rentré, j'ai refermé la porte de l'appartement derrière moi et je suis allé attraper *Le Tour du monde en quatre-vingts jours* sur l'étagère au-dessus de mon bureau. Joseph m'avait dit de venir frapper chez eux vers midi pour partager leur déjeuner, mais il n'était que 10 h 30. Je me suis donc allongé sur mon lit et j'ai ouvert le livre pour me plonger dans les aventures de Phileas Fogg et Jean Passepartout.

Cela devait être la troisième ou quatrième fois que je lisais ce roman. J'ai laissé mon atlas à sa place. Lors de ma première lecture, j'y avais tracé l'itinéraire des deux aventuriers, mais je n'en avais plus besoin. Ce voyage, il était imprimé dans ma tête.

J'ai dévoré les premiers chapitres en redécouvrant chaque personnage avec autant de plaisir que la première fois. L'excentricité du gentleman anglais, l'arrivée de Passepartout à son service, le pari. Le départ précipité. Mais je ne savais toujours pas ce qu'était le « whist », le jeu qui passionnait Phileas Fogg...

Et puis je l'ai entendu à nouveau.

Le saxophone et sa mélodie envoûtante.

Chapitre 3

La mélodie sur le toit

Le son était plus distant que la veille au soir, mais l'émotion que je ressentis n'en fut pas moins immédiate et intense. Je me suis redressé très vite et je suis allé ouvrir la fenêtre. Cela venait du toit. Je n'ai pas hésité longtemps avant de faire basculer mon corps au-dehors pour grimper par l'escalier de secours. J'étais comme un rat ensorcelé par le joueur de flûte de Hamelin.

Quand j'ai passé la tête par-dessus le mur, la pureté du son m'a frappé au ventre. C'était idiot mais je n'ai pas pu m'empêcher d'imaginer que c'était mon père qui était revenu. Et l'émotion m'a fait vaciller. Je me suis hissé sur le toit, sans réfléchir à ce que je faisais, et me suis dirigé vers la silhouette de l'homme qui faisait trembler mon âme. Je me suis assis près de lui, un peu en retrait, et je n'ai plus pensé à rien.

Je ne sais combien de temps je suis resté comme ça, au bord du ciel, derrière cet homme dont je ne connaissais même pas le visage. La douceur qui émanait de sa musique n'avait rien de comparable. À part peut-être la chaleur du corps de ma mère quand elle me prenait dans ses bras. Une petite bulle de réconfort toujours cachée au fond de mon cœur. En tout cas, cette musique, le son suave et délicat du saxophone, me ramenait à quelque chose de profondément ancré en moi. Cette musique me tapait sur l'épaule et me caressait la joue, tout à la fois. Je crois que j'aurais pu rester sur ce toit toute la journée. Et peut-être que le vieil homme aussi. Mais c'était compter sans les autres gamins de l'immeuble.

Tulsa, Charlotte et Jackson sont arrivés les premiers. Rapidement suivis par Brunswick et Chattanooga.

« Hey, New Orleans ! Qu'est-ce que tu fabriques tout seul avec ce vieux grincheux ? » a crié Chattanooga en se hissant, non sans peine, sur le toit.

La musique s'est tue et le vieil homme s'est retourné. Son visage était aussi noir que le mien, mais ses cheveux et sa fine barbe étaient parsemés de blanc. Il m'a regardé, l'air surpris.

« Ça fait longtemps que t'es là, p'tit ? »

Je ne savais plus. Je n'ai rien dit.

Le vieil homme, qui n'avait en fait pas l'air si vieux que ça, a remis son instrument dans son étui.

« New Orleans ? C'est pas un prénom ça !

– Je m'appelle Sonny. New Orleans, c'est l'endroit d'où je viens.

– Charles ! Mais les gens m'appellent Charlie. »

Ses yeux noirs pleins de malice m'ont souri, puis il s'est dirigé vers l'escalier de secours. Chattanooga et les autres ont fondu sur moi comme un vol de mouches sur une tarte au sucre.

« Alors, New Orleans, qu'est-ce que tu fricotais avec ce vieux bouc ? » m'a demandé Charlotte.

Charlotte, contrairement à ce qu'on pourrait imaginer, n'était pas une fille. C'était un garçon de huit ans. Qui parlait autant qu'un poste de radio.

New Orleans ! Je ne sais plus comment cela avait commencé, mais avec les autres gamins de l'immeuble, on s'appelait tous par le nom de notre ville d'origine. Du moins quand on était entre nous. Il y avait donc Charlotte de Caroline du Nord, Tulsa de l'Oklahoma, Jackson du Mississippi, Brunswick de Géorgie et bien sûr Chattanooga du Tennessee. Celui-là, il avait la langue aussi bien pendue que celle de Charlotte. Mais il devait faire deux fois son poids. La fille du groupe, c'était Tulsa. Elle n'avait que dix ans mais elle avait le regard aussi dur que celui que je surprenais parfois dans les yeux de ma mère ou de mon oncle.

« Et vous, les morveux, z'êtes pas à l'école ? »

Ils avaient tous autour de dix ans et la plupart ne savaient pas encore lire ni écrire correctement.

« Bah, même qu'on y est allés mais qu'y avait plus de place, si tu veux tout savoir, m'a répondu Charlotte, un grand sourire aux lèvres. Même pas pour poser son derrière par terre qui nous a dit m'sieur Jenkins. C'est comme qui dirait qu'on n'a pas eu le choix de rester. »

Cela n'avait pas l'air de les contrarier beaucoup. Et je les comprenais. Même si j'me disais que, eux, ils en avaient besoin, de l'école. Plus que moi en tout cas.

On est restés un moment sur le toit, tous ensemble. Comme on le faisait souvent. Assis au bord du vide à regarder le quartier vivre sa vie.

« Et j'suis sûr qui sent pas bon ce vieux boucre ! a repris Chattanooga après un moment.

– On dit « bouc », pas « boucre » !

– Il y en a beaucoup des boucres à La Nouvelle-Orléans, hein ? C'est pour ça que tu sais si bien le dire ?

– Ferme un peu ton clapet, tu veux !

Je lui ai mis une claque derrière la tête et on a tous rigolé.

J'aimais bien la voir rire, Tulsa. Quand son visage se décontractait, elle devenait aussi belle que la princesse Aouda, la princesse dont Phileas Fogg et moi, on était secrètement amoureux. Je me disais qu'un jour, je l'emmènerais loin de Harlem et on parcourrait le monde. Et ses yeux perdraient la tristesse qui voilait trop souvent son regard. Tulsa, c'était comme ma petite sœur.

Tulsa était arrivée à Harlem à l'âge de cinq ans avec ses parents et quelques oncles, tantes et cousins. Seul son frère jumeau n'avait pas fait le voyage avec eux.

*

J'étais assis à mon bureau quand ma mère rentra ce soir-là. Je finissais de copier une page de la Bible. Je m'étais appliqué et mon écriture était particulièrement soignée. Cela lui faisait plaisir que je recopie des pages de la Bible. Je crois qu'elle pensait que ce livre contenait toute la sagesse du monde. Moi, je n'y avais jamais vraiment cru, mais cela ne m'empêchait pas de faire semblant.

Ma mère m'a embrassé et nous nous sommes installés à la table de la cuisine. J'ai rallumé le gaz sous la casserole.

« Félicia nous a donné un bol de ragoût qu'ils avaient en trop. »

Ma mère s'est approchée de moi en souriant mais une soudaine quinte de toux la plia en deux avant qu'elle ait le temps de dire quoi que ce soit. C'était comme ça tous les soirs, ou presque. Ma passait ses journées à respirer l'air chargé de poussière de farine de l'usine sans sourciller, mais une fois à la maison, quand elle laissait son corps se détendre, ses poumons lui faisaient payer ces heures d'asphyxie.

« J'aurai bientôt les poumons aussi blancs que ceux des anges ! » disait-elle souvent en essayant de sourire.

On a mangé notre ragoût sans trop parler. Ma mère était fatiguée. Et sa toux n'arrivait pas à se calmer.

« Ma, je lui ai dit en débarrassant nos assiettes, j'veux plus aller à l'école. J'veux travailler. Comme Camden et Pulaski. Ils ont que six mois de plus que moi mais ils travaillent depuis presque un an déjà.

– On en a déjà parlé, Sonny... »

Sa toux a redoublé d'intensité. J'ai attendu un peu.

« Tu travailles trop et moi, je m'ennuie. Je peux travailler et gagner un peu d'argent pour t'aider. Je suis bientôt un homme, maintenant. Et tu dois te reposer.

– Sonny, si tu veux devenir quelqu'un, il faut que tu aies une éducation... »

Je n'étais pas sûr de bien comprendre ce qu'elle voulait dire, mais je me souviens que j'aurais donné n'importe quoi pour en avoir déjà une !

« Aujourd'hui, Chattanooga et les autres n'ont même pas pu entrer à l'école. Il n'y avait plus de place. Moi je sais lire, écrire et compter. J'ai plus ma place là-bas. Et puis, j'suis déjà quelqu'un, non ? »

Elle a souri et m'a embrassé. On a installé son lit dans la cuisine.

« Tu veux que j'te lise quelque chose, Ma ?

– Je veux bien, Sonny... »

Elle s'est mise au lit et je me suis assis par terre, à côté d'elle. J'ai commencé ma lecture de l'Exode, le deuxième livre de la Bible et, petit à petit, la toux de ma mère s'est adoucie. Après un long moment, elle a fini par s'endormir, épuisée. Je suis resté un peu auprès d'elle, à la regarder, enfin apaisée. Puis je suis allé retrouver Phileas Fogg au fond de mon lit.

Chapitre 4

Le bolito et la petite reine de Harlem

Le lendemain matin, je suis allé frapper chez mon oncle.

« Tu ne vas pas à l'école aujourd'hui, Sonny ?

– C'est fini, l'école. J'veux travailler pour de vrai maintenant ! »

Joseph m'a fait entrer et s'est tourné vers Félicia avec qui il a échangé un regard amusé. Puis, il a attrapé sa veste et l'a enfilée.

« Et Eunice, qu'est-ce qu'elle en dit, hein ?

– Ma, elle est trop fatiguée. Il faut qu'elle se repose. »

Je ne m'en rendais pas compte, mais j'étais en train de m'énerver.

« Hier soir, elle a toussé jusqu'à ce qu'elle s'endorme. Et tu crois vraiment que je vais aller à l'école pendant qu'elle se tue au travail ? Hein ?

– Oh là, calme-toi, Sonny », m'a répondu mon oncle en me gratifiant d'une petite gifle.

Il m'a souri en hochant doucement la tête.

« Un homme, hein ? »

Là, il a franchement rigolé.

« Je parlerai de tout ça avec elle ce soir. En attendant, tu peux venir avec moi aujourd'hui. »

Je me suis un peu détendu et j'ai souri aussi.

Dehors, il faisait aussi froid que la veille. Le ciel était gris et le vent glacé. On a marché vite, les mains dans les poches.

« Qu'est-ce qu'on fait, alors ? On retourne au chantier ?

– Oublie le chantier, Sonny ! On change de crémerie, aujourd'hui. »

Mon oncle s'est arrêté et m'a attrapé par l'épaule.

« Écoute, Sonny, tu t'souviens de Sam ? Le type qu'on a croisé hier ?

– Oui.

– Il m'a donné un tuyau mais je sais pas encore trop ce que ça va donner. En revanche, je sais que ce qu'il m'a proposé, c'est pas vraiment dans les clous.

– Tu veux dire que c'est illégal ? On va vendre de l'alcool ? »

En 1927, on était en pleine prohibition[1].

« Mais non, rien à voir. Enfin... on va voir Sam et on en reparle après. Mais tu te tais et tu me laisses faire, t'as compris ?

– J'suis plus un gamin...

– Ouais, ouais, t'es un homme, j'ai compris. »

On s'est remis en route.

Sam avait donné rendez-vous à Joseph à l'angle de Lenox et de la 125e Rue. Quand on est arrivés, il n'était pas encore là. Mon oncle et moi, on a plongé nos mains un peu plus fort au fond de nos poches et on s'est rentré la tête dans les épaules. C'était vraiment pas une journée à rester dehors.

« Joseph, c'est quoi le bolito ? »

Mon oncle s'est approché de moi en fronçant les sourcils.

« Parle moins fort, Sonny ! »

On était presque collés l'un à l'autre.

« Tu as entendu parler de Madame St-Clair ? La petite reine de Harlem ?

– Non. »

1. 1919-1933, période pendant laquelle la fabrication, le transport et la vente d'alcool furent interdits aux États-Unis.

Mon oncle a encore baissé la voix. Et je l'ai écouté attentivement. En m'imaginant une belle dame avec une couronne sur la tête.

« Le bolito, c'est une loterie ! Tu choisis trois chiffres, tu mises dessus, et si ta bonne étoile a décidé de briller un peu, t'encaisses le gros lot ! Tu vois ce que j'veux dire ?

– Quel rapport avec une reine ?

– D'après Sam, les affaires sont plutôt bonnes. Un petit business à faire pâlir d'envie certains p'tits Blancs qui traînent dans le quartier. D'ailleurs, elle habite à Sugar Hill, la Queenie. »

Sugar Hill. J'avais déjà entendu le nom de ce quartier de Harlem, mais je ne voyais pas à quoi il pouvait ressembler. J'ai haussé les épaules.

« T'as déjà vu un frère noir dans un beau costume que même certains Blancs, ils pourraient pas se le payer ? »

Des Noirs en beau costume, oui, j'en avais déjà vu.

« Et t'en as vu beaucoup rentrer chez eux, dans notre quartier ?

– Je crois pas, non.

– Sugar Hill, c'est là qu'ils habitent ! Dans des belles maisons de Blancs ! Tu vois ta chambre ? À Sugar Hill, on appelle ça un placard ! »

Sam est arrivé à ce moment-là.

Joseph et lui se sont mis à l'écart et moi, j'ai essayé de m'imaginer le quartier où vivait la petite reine de Harlem.

L'affaire a été entendue en moins de cinq minutes. Sam est reparti comme il était venu et mon oncle m'a demandé de le suivre. On a remonté Lenox jusqu'à la 135e Rue. J'essayais toujours de visualiser Sugar Hill quand nous nous sommes arrêtés devant un cinéma. *Les Nuits de Chicago*, pouvait-on lire sur la devanture, séances toute la journée !

Joseph s'est tourné vers moi et m'a montré discrètement la fiche de paris qu'il avait dans la poche.

« Tu n'as qu'à aller te poster là-bas, contre le mur, et tu surveilles le coin pour moi, OK, Sonny ?

– J'veux t'aider, Joseph ! J'suis plus un gamin, j't'ai dit ! »

Mon oncle a levé la tête en jetant des regards tout autour de nous. Puis il m'a regardé dans les yeux.

« Justement, Sonny. Je t'ai dit que tout ce business, c'était pas trop légal. Si la flicaille rapplique, il faut mettre les voiles et quand je m'occupe d'encaisser les paris, j'peux pas regarder ce qui se passe tout autour. Et tu sais bien que je ne vois pas bien de loin. J'ai besoin de toi. Tu comprends ? »

J'ai hoché la tête sans rien dire. En commençant à me prendre pour un gangster.

« Si c'est trop tard et que les flics sont sur moi, toi, tu passes ton chemin comme si de rien n'était. Et tu rentres ! T'as compris ?

– D'accord.

– Et pas un mot à Eunice surtout ! Si elle savait ce que je te demande de faire, elle me ferait manger sa bible ! »

Joseph m'a tapé sur l'épaule et on a commencé notre affaire.

Les trottoirs de Harlem, et de New York en général, m'ont toujours semblé avoir été construits trop petits. Il y a tellement de monde dans cette ville qu'on a l'impression qu'un jour ou l'autre, elle va craquer, comme un sac en tissu dans lequel on entasserait des boîtes de conserve sans jamais s'arrêter.

Notre affaire, on l'a pliée en moins de deux heures.

« Regarde-moi tous ces jolis dollars, m'a dit mon oncle en me montrant la liasse de billets qu'il faisait dépasser discrètement de sa poche. Je crois qu'on a gagné plus qu'en trois jours de travail au chantier ! »

On est rentrés d'un pas léger. On ne sentait même plus le froid tellement on était contents.

Joseph avait été incroyable. Et j'avais eu le temps de l'observer. Il avait sorti son plus beau sourire et les gens, même les plus hésitants, avaient presque à chaque fois cédé. Quel bagout ! Personne n'avait su résister à la tentation du magot potentiel que pouvait rapporter une simple combinaison à trois chiffres.

De mon côté, j'avais alerté mon oncle deux fois. Et les officiers de police en patrouille n'avaient pas eu le temps de voir quoi que ce soit.

« On fait une bonne équipe, hein, Joseph ?

– Tu parles ! On est des chefs, Sonny ! »

Comme la veille, on est rentrés avant midi. Mais cette fois-ci, je ne suis même pas passé par l'appartement. Je suis monté directement sur le toit, par l'accès à l'escalier de secours du bout du couloir.

J'avais entendu Charlie depuis le bas de l'immeuble.

Chapitre 5

Une boîte au fond d'une armoire

Mon quatorzième anniversaire, c'était un dimanche. Et anniversaire ou pas, je n'ai pas échappé à la messe dominicale. Mais cela faisait longtemps que je m'étais fait une raison. Pour être honnête, c'est vrai que je n'avais jamais envie d'y aller, mais une fois sur place, quand tout le monde se mettait à chanter, moi aussi je me laissais aller. Et ça me faisait du bien. Un sacré bien même ! Et c'était un des seuls moments de la semaine où je voyais ma mère discuter et rigoler avec ses amies.

Le midi, Joseph et Félicia sont venus manger avec nous. Ma mère nous avait préparé un énorme poulet qu'on a mangé avec des pommes de terre et du maïs. Puis quand le gâteau est arrivé, tous les copains de l'immeuble qui attendaient sur le palier ont envahi la cuisine. Chattanooga le premier. On se serait cru dans une rame de métro à l'heure de pointe. Je me souviens comme si c'était hier de ce quatorzième anniversaire.

On a chanté et j'ai soufflé les bougies. Quelques minutes plus tard, le gâteau avait disparu.

Ma mère m'a tendu deux paquets que je me suis empressé d'ouvrir. Le premier, le plus gros, c'était une paire de souliers neufs. Ma mère avait dû économiser pendant des semaines pour les acheter. Le deuxième paquet, plus petit, c'était un livre. *Deux ans de vacances* de Jules Verne. Une belle édition illustrée. J'étais ravi. Après *Cinq semaines en ballon*, *L'Île mystérieuse*, *De la Terre à la Lune* et bien sûr *Le Tour du monde en quatre-vingts jours*, j'allais pouvoir me plonger dans une nouvelle aventure incroyable.

Les cadeaux de ma mère m'ont comblé ce jour-là mais pour la première fois, je m'en souviens, je prenais la mesure des sacrifices qu'elle faisait pour moi. Quand je l'ai embrassée, je me suis promis de ne plus remettre les pieds à l'école et de faire tout ce que je pouvais pour ramener un peu plus d'argent à la maison.

Joseph et Félicia m'ont offert une belle chemise que Félicia avait faite elle-même.

Avec ma chemise et mes souliers neufs, j'avais l'air d'un homme d'affaires de Wall Street, a dit Joseph en attrapant le paquet de farine qui traînait encore sur le petit buffet. Puis il a plongé sa main dans la poudre blanche et a commencé à me repeindre le visage avec. Pour faire plus ressemblant ! s'est-il exclamé. Tout le monde a rigolé sauf tante Félicia qui protestait car mon oncle en mettait partout. Elle a fini par lui arracher le paquet de farine des mains et le lui renverser sur la tête. Tout le monde a rigolé de plus belle.

La bataille terminée, Tulsa s'est approchée de moi.

« Tiens », m'a-t-elle dit en sortant une enveloppe de derrière son dos.

J'ai ouvert l'enveloppe et en ai sorti un dessin.

« Je l'ai fait vendredi à l'école. Pendant la leçon de lecture de monsieur Jenkins. »

Le dessin représentait une bande de gamins, sur le toit d'un grand immeuble. La scène était magnifique. Le ciel était bleu et, au loin, il y avait la mer. Tulsa n'avait oublié personne, même pas Camden et Pulaski qu'on ne voyait plus beaucoup depuis qu'ils travaillaient à l'usine de confection. Il y avait aussi Charlie et son saxophone. Il ne vivait pas dans l'immeuble depuis longtemps mais Tulsa avait compris que sa musique me faisait un drôle d'effet. C'était une photographie de notre vie, notre vie à nous.

J'ai pris Tulsa dans mes bras et tous les autres se sont mis à ricaner comme des imbéciles.

« Et les vôtres de cadeaux, ils sont où, hein ? je leur ai lancé.

– Ce n'est pas une façon de parler à tes amis, Sonny, s'est exclamée ma mère. Ce qui est important, c'est qu'ils soient là pour partager ce moment avec nous. Les cadeaux, t'en as eu bien assez ! »

Les copains se sont regardés et ont arrêté de rigoler, un peu piteux. Leurs cadeaux, je m'en fichais pas mal, c'est vrai que j'avais déjà été plus que gâté. Ma mère s'est approchée de Tulsa et l'a embrassée.

« J'ai jamais vu un aussi beau dessin, tu sais, Nina ? »

Ma mère ne voulait pas qu'on s'appelle autrement que par nos prénoms. En tout cas, pas quand elle était là. Je suis allé poser mon livre et mon dessin sur mon bureau et, avec les autres, on est montés sur le toit pour voir où en était un peu le quartier.

Il n'y avait pas de vent ce jour-là. Le ciel était aussi bleu que sur le dessin de Tulsa et, au soleil, il faisait chaud.

Charlie était à son poste, près de la grande cheminée qui évacuait la vapeur du système de chauffage de l'immeuble. Assis, son saxophone posé sur les jambes, il semblait chercher quelque chose à l'horizon.

On s'est approchés de lui et il n'a pas tardé à souffler dans son instrument. On l'a écouté avec plus ou moins d'attention en commentant la vie qui se déroulait en bas, dans la rue. Puis le groupe s'est délité, petit à petit. À la fin, il ne restait plus que Tulsa et moi. Et Charlie et sa musique.

*

« Merci encore pour les souliers, Ma. Et pour le livre ! »

Nous finissions de souper.

« De rien, Sonny. Je suis heureuse que cela te plaise. *Deux ans de vacances*, tu imagines ça, toi ? Il était fou ce Jules Verne ! »

Ma mère s'est levée et son rire a envahi la cuisine. Je n'ai pas pu résister bien longtemps. Ce rire, il vous attrapait par les côtes avec tous ses doigts et il ne vous lâchait plus avant de vous avoir arraché quelques larmes.

On a débarrassé la table et j'ai commencé à faire la vaisselle. Ma mère, qui ne pouvait rester sans rien faire, a attrapé le balai et, pendant quelques minutes, nous n'avons pas parlé.

« Ma, qu'est-ce qu'il est devenu, le saxophone de Pa ? »

Ma mère a arrêté de balayer. J'ai attendu un peu et puis j'ai tourné la tête, les mains toujours plongées dans l'eau chaude. Ma était debout, immobile, elle regardait par terre, le menton posé sur le manche de son balai. Puis elle s'est assise et m'a invité à la rejoindre. Je me suis essuyé les mains et je suis allé m'asseoir avec elle.

« Tu as quatorze ans, ça y est, Sonny. Tu ne peux pas savoir à quel point je suis fière de toi. Mon petit garçon. »

Ma mère a fait glisser ses mains sur la table pour attraper les miennes.

« Ma ! Je suis plus un bébé... »

J'essayais de râler mais j'avais du mal à camoufler mon sourire. Ma mère, elle n'avait pas besoin de me dire qu'elle m'aimait. C'était écrit dans ses yeux. Et son sourire, son regard plein de tendresse, ils étaient gravés en moi comme les lignes au creux de mes mains.

Elle a commencé à me parler de La Nouvelle-Orléans et ses yeux ont commencé à briller.

La Nouvelle-Orléans, c'était là qu'elle était née et qu'elle avait rencontré mon père. Ils s'étaient aimés et, un jour, j'étais arrivé. Je ne comprenais pas pourquoi ma mère me racontait tout ça. Cette histoire-là, je la connaissais déjà. Moi, tout ce que je voulais savoir, c'était ce qu'il était arrivé au saxophone de mon père. C'était tout bête. Je me disais que, peut-être, il avait été rangé quelque part et que je n'avais plus qu'à aller le chercher. Ou peut-être qu'un voisin nous l'avait gardé et qu'il suffisait de lui écrire pour qu'il nous l'envoie à New York.

« Tu l'as pas vendu ? »

Ma mère faisait beaucoup d'efforts pour se contrôler mais je sentais bien qu'un tas de choses étaient en train de remonter. J'ai serré ses mains dans les miennes. Son regard embué se perdait dans des souvenirs que je regrettais d'avoir ravivés.

« Pardonne-moi, Sonny. Je ne peux pas. »

Je ne savais pas quoi dire.

« Je sais que tu es grand à présent. C'est pas ça... »

Sa voix tremblait.

« Tu peux aller voir Joseph si tu veux. Lui, il te racontera. »

Elle semblait tellement perdue tout à coup.

« Mais promets-moi une chose avant ! »

Je me suis contenté de hocher la tête.

« Continue d'aller à l'école. Ne laisse pas tomber, s'il te plaît. Même si tu y vas moins souvent, ne laisse pas tomber. »

Je ne comprenais pas la tension qui s'était emparée de ma mère. Et pourquoi me parlait-elle de l'école ? Quel rapport avec le saxophone de mon père ? Je n'ai pas osé le lui avouer mais, à ce moment-là, j'ai eu l'impression de redevenir un petit garçon. J'avais peur. Sans savoir pourquoi.

Mais je n'avais pas oublié ma résolution. Et même si ma mère avait des sanglots dans la voix, je n'ai rien dit. L'école, pour moi, c'était fini.

Elle m'a lâché les mains. Je me suis levé et je me suis dirigé vers la porte d'un pas hésitant.

Tout à coup, je n'étais plus sûr d'être si pressé de devenir adulte.

J'ai frappé chez mon oncle qui a ouvert presque immédiatement.

« Qu'est-ce qui se passe ?

– Je ne sais pas trop... »

J'étais sonné. Je me demandais ce que je faisais là, dans le couloir, ce que je cherchais. Joseph a attendu quelques instants que je poursuive. Mais rien n'arrivait à sortir de ma bouche. Il m'a fait entrer. Ils avaient fini de dîner eux aussi. Félicia m'a serré dans ses bras et elle est allée se coucher.

Joseph et moi, on s'est assis.

« Allez, Sonny, crache le morceau, j'ai bien envie de me coucher moi aussi. On se lève tôt demain, tu t'rappelles ? »

Le lendemain matin, on reprenait nos affaires de loterie.

J'ai essayé de reconstituer le fil de la conversation que je venais d'avoir avec ma mère. Mais c'était très confus. Je le voyais dans les yeux de mon oncle. Et puis tout à coup, j'ai fini par poser la question qui me hantait depuis des années. Parce qu'au fond, c'était ça que je voulais savoir.

« Joseph, comment il est mort, mon père ? »

Mon oncle m'a regardé et on est restés quelques instants comme ça. Sans rien dire. Chacun le regard plongé dans celui de l'autre. Je crois que Joseph a compris ce que je ressentais. Cette histoire de maladie foudroyante, c'était bon pour le gamin de six ans. J'en avais quatorze à présent, je voulais la vérité.

« N'en veux pas à Eunice, Sonny. Tout ce qu'elle a voulu faire, c'est te protéger...

– Je sais, Joseph. Je sais. Mais maintenant, raconte-moi la véritable histoire ! »

C'était le soir du 11 novembre 1919. Cela faisait un an que la guerre était finie et quelques mois que mon père était rentré du front. Ce jour-là, à La Nouvelle-Orléans comme dans de nombreuses autres villes, les gens se sont retrouvés pour commémorer la signature de l'armistice. On fêtait le retour des soldats tout en rendant hommage à tous ceux qui ne rentreraient jamais. Joseph, lui, n'avait pas été appelé à cause de sa vue qui était moins bonne que la moyenne.

Le soir, on est tous sortis mais ma mère et moi, on est rentrés bien plus tôt que mon père et Joseph qui ont fêté la victoire jusqu'à tard dans la nuit. Ce soir-là, d'après mon oncle, beaucoup de Noirs n'avaient pas respecté le couvre-feu qui interdisait aux gens de couleur de se promener dans les rues après une certaine heure.

Mon père avait mis son uniforme. Comme beaucoup d'autres anciens soldats. Et de toute la soirée, il n'avait pas quitté son saxophone, fièrement sanglé autour de son cou comme une médaille.

« Francis, c'était un musicien. Pas de doute là-dessus. Même quand il te donnait le bain, il jouait de son saxophone. Combien de fois Eunice a râlé en le voyant faire ! »

Je souriais à cette évocation de mon père. Je l'imaginais joyeux et rieur. Je savais que ma mère l'avait beaucoup aimé. Qu'il avait été un homme tendre et courageux.

« Quand on est finalement rentrés, on n'était pas très frais, j'vais pas te mentir, a poursuivi Joseph. C'était pas encore la prohibition et on pouvait boire un coup sans se cacher ! On avait fait la tournée des bars et Francis avait tapé le bœuf avec toute La Nouvelle-Orléans. Et puis on s'est retrouvés dans une ruelle un peu sombre. Soudainement, la fête n'était plus qu'un lointain grondement. Et je me suis arrêté pisser. »

Joseph a fait une pause.

« J'étais en train de faire mon affaire en essayant de ne pas perdre l'équilibre pendant que Francis faisait chanter son saxophone. Trois hommes ont surgi au coin de la rue. Trois Blancs. J'ai d'abord cru qu'ils étaient six mais... enfin bref, je les ai vus se diriger vers ton père. Je me suis vite rebraillé et je me suis précipité pour le rejoindre. »

Mon oncle s'est à nouveau arrêté, le regard dans le vague.

« Ils ont commencé par lui demander d'enlever son uniforme. Je t'épargne les insultes et les grossièretés, mais je peux te dire que ces trois-là, ils aimaient autant les Noirs que les chats aiment prendre des bains. Tu vois ce que je veux dire ? »

J'ai hoché la tête.

« Mais malgré tout, Francis a souri. Ton père, il avait sa façon bien à lui de répondre à la provocation des Blancs. Il ne faisait pas le malin, c'est pas ce que je veux dire. Non, c'est juste que je ne l'ai jamais vu baisser la tête. Et à ces trois-là, il a répondu en faisant chanter l'hymne national à son saxophone. Et les coups ont commencé à pleuvoir de tous les côtés. Moi, je me suis approché mais je me suis vite retrouvé au tapis, mes lunettes projetées je ne savais où. Ils se sont bien foutus de moi, par terre à quatre pattes à chercher mes lunettes. Je ne voyais plus rien. Je me suis pris quelques coups de pied tout en entendant le déluge qui s'abattait sur ton père. Et je ne pouvais rien faire. Ces bruits, ces mots, ces rires, je n'ai jamais pu les effacer de ma mémoire. »

Mon oncle a continué son récit, sans prendre de gants. Cette histoire, elle était laide. Sordide. Pleine de haine, de violence et de bêtise. C'était comme ça. C'était l'histoire de la mort de mon père. Un Noir américain qui avait survécu à la Grande Guerre et qui était mort sur un trottoir de La Nouvelle-Orléans. Battu à mort parce qu'il était noir. La maladie foudroyante.

Quand il a terminé son récit, Joseph est resté silencieux quelques instants puis il s'est levé et est allé dans sa chambre. Je l'ai entendu échanger quelques mots avec Félicia, puis il a ouvert leur armoire. J'ai entendu des bruits sourds et quelques instants plus tard, il est revenu avec une grosse boîte qu'il a posée devant moi, sur la table.

« Il est à toi maintenant. »

J'ai ouvert la boîte sans rien dire. Et en découvrant le saxophone de mon père, j'ai compris pourquoi ma mère, même si elle n'avait pas voulu s'en séparer, ne l'avait pas gardé près d'elle. Près de moi.

« Il est dans un sale état mais peut-être qu'on peut encore en faire quelque chose, a dit Joseph. En tout cas, ton père, il le faisait chanter comme personne. »

J'ai refermé la boîte et j'ai pris mon oncle dans les bras.

« Ça va, Sonny ? »

Je n'ai rien dit. J'avais l'impression qu'on venait de me donner un coup de marteau sur la tête. J'ai attrapé la boîte et je suis rentré rejoindre ma mère.

Je savais qu'elle m'attendait.

Chapitre 6

Charlie

Les jours suivants, je n'ai pas quitté l'immeuble. J'ai fait des allers-retours entre ma chambre et le toit. Et je n'ai pratiquement pas décroché un mot. Que ce soit à ma mère, à Félicia, à Joseph ou à qui que ce soit. Même Tulsa, elle n'a pas réussi à me faire sortir plus d'une phrase ou deux. Mais elle n'a pas insisté beaucoup. Elle n'avait que dix ans mais elle savait quand il fallait insister et quand il valait mieux laisser les choses faire leur chemin. Quand elle rentrait de l'école, elle venait me rejoindre sur le toit et on écoutait Charlie sans rien dire.

Le matin, j'allais regarder Harlem s'agiter. Je comptais les Blancs qui s'aventuraient dans notre quartier. J'ai réalisé à quel point il y en avait peu. Il pouvait se passer plus d'une heure sans que j'en voie un. Quand j'étais lassé, je rentrais.

Dans ma chambre, j'ai beaucoup regardé le saxophone de mon père. Je l'ai pris dans mes mains, je l'ai gardé posé sur mes genoux. Assis sur mon lit, j'ai fait courir mes doigts dessus, de clé en clé. J'essayais de comprendre. Je regardais mes mains, presque blanches à l'intérieur. Je me demandais ce qui serait différent si la peau de mon visage était aussi claire. Et puis ça aussi, ça a fini par me lasser.

C'est vers 16 heures que Charlie montait sur le toit. À force de ne pas quitter l'immeuble, je commençais à avoir une idée assez précise de son emploi du temps.

Charlie était de loin le personnage le plus mystérieux et le plus intéressant de l'immeuble. D'après ce que j'avais pu observer, il sortait souvent le soir vers 21 heures pour rentrer vers 9 heures le lendemain matin. Je me demandais ce qu'il pouvait bien fabriquer quand il sortait toute la nuit comme ça. En attendant, j'allais l'écouter tous les jours et je laissais sa musique me vider l'esprit. Je fermais les yeux et je revoyais mon père.

Un jour, je me suis décidé et je suis monté le rejoindre en emportant la boîte que m'avait confiée Joseph le soir de mon quatorzième anniversaire. Quand il m'a vu arriver, Charlie a arrêté de jouer et s'est assis. Je me suis approché et je lui ai tendu l'étui. Sans rien dire. Il n'a pas cherché à savoir d'où je le sortais.

« Je peux ? » m'a-t-il simplement demandé en dirigeant sa main vers les loquets qui maintenaient l'étui fermé.

Je ne lui avais jamais parlé ni de mon père ni de son saxophone, mais j'avais l'étrange impression que quelqu'un l'avait fait à ma place.

Il a commencé par faire tourner le saxophone sur lui-même. Ensuite, il a actionné les clés, les unes après les autres. Il a inspecté le bec de plus près puis il l'a retiré pour le remplacer par celui de son propre instrument. Il s'est finalement levé et a accroché le saxophone à sa sangle. Et il a soufflé dedans. Après quelques notes, le diagnostic était posé.

« Il va falloir quelques réparations. Si jamais il est réparable. Tu vois les bosses, là ? »

Il me montrait le pavillon, le grand trou par lequel sort le son.

« Et certaines clés sont tordues.

– Mais tu viens de jouer avec. Il fonctionne, non ? »

Il m'a regardé quelques instants.

« Je suis sûr que tu as entendu la différence entre mon saxophone et celui-ci. »

Je n'ai rien dit.

« Qu'est-ce que tu veux en faire de toute façon ? Tu veux t'y mettre ?

– Oui, j'ai répondu. Je veux apprendre. »

Charlie m'a regardé quelques secondes, puis il a joué quelques notes graves. Et ma soudaine envie d'apprendre à jouer du saxophone s'est transformée en révélation.

« Je veux que tu m'apprennes à jouer, Charlie ! »

Il s'est assis et a continué à jouer. Certaines notes sifflaient parfois, mais c'était bien de la musique qui flottait autour de nous. C'était la musique de mon père, celle de Charlie, et bientôt, ce serait aussi la mienne.

« Si t'es vraiment motivé, Sonny, autant commencer tout de suite ! Et pour débuter, t'as juste besoin de ça. »

Il a enlevé le petit morceau de bambou, l'anche, du bec du saxophone de mon père et l'a remplacé par un autre, neuf. Puis il m'a tendu le bec et ma première leçon a commencé.

Quand on s'est quittés, Charlie m'a demandé si je voulais bien lui laisser mon instrument. Il connaissait quelqu'un qui pourrait peut-être panser ses blessures.

Je l'ai remercié et j'ai croisé les doigts.

Un peu plus tard, au fond de mon lit, j'ai tourné en rond pendant des heures. Je pensais à mon père. À la façon dont il était mort.

Quand j'ai finalement ouvert le livre que j'avais eu pour mon anniversaire et que j'en ai tourné les premières pages, ma mère dormait déjà depuis longtemps. Et je n'avais toujours pas trouvé le moindre début de réponse à mes questions.

Deux ans de vacances !

Je me rappelle encore comment j'ai été happé dès les premières lignes. Jules Verne avait décidément un don pour me faire voyager. Loin de tout.

Le roman s'ouvre sur une scène de tempête, en pleine mer. Il fait nuit. Un bateau, le *Sloughi*, lutte contre les éléments. À son bord, une bande de gosses livrés à eux-mêmes. De l'équipage dont on ne sait rien, il ne semble rester qu'un mousse âgé de douze ans. « De race nègre », est-il précisé. Moko. Un Noir parmi des Blancs. Moko ? Qu'est-ce que c'était que ce prénom ? Et quel sort allait lui réserver Jules Verne ?

Je me suis endormi la tête pleine d'interrogations, le bec de mon saxophone dans la main.

Canal Street, La Nouvelle-Orléans,
mai 2018

Un jeune homme s'approche d'une foule qui s'est formée autour de quelques musiciens. Comme tout le monde, il ne peut s'empêcher de se rapprocher pour voir d'où vient ce son à la fois familier et exotique.

Jouer de la musique dans la rue, c'est dans l'ADN des musiciens de La Nouvelle-Orléans. Se frotter au public volatil des trottoirs de Canal ou de Bourbon Street, il n'y a rien de mieux pour mesurer son talent. Le nombre plus ou moins élevé de badauds qui s'arrêtent pour vous écouter vous donne une idée de la qualité de votre musique. Et ici, la concurrence est rude.

Le jeune homme, qui a l'habitude de venir laisser traîner ses oreilles le soir dans les rues du centre-ville, a rarement vu une foule aussi compacte.

Les musiciens sont installés sur une petite terrasse en bois, sous le porche d'un bar. Il y a un percussionniste assis sur son cajón et un joueur de trompette vêtu d'une élégante veste noire. Un autre, un béret sur la tête, joue du trombone. Un joueur de tuba se charge de la ligne de basse et une jeune femme, debout à ses côtés, fait courir son archet sur les cordes de son violon.

Au cœur de ce groupe probablement improvisé, assis sur une chaise, un peu replié sur lui-même, un vieil homme fait chanter son saxophone. C'est lui que tout le monde regarde. C'est lui que tout le monde écoute. Et pas parce qu'il a l'air d'avoir assisté à la naissance de la ville. Non. Les gens l'écoutent, lui, parce que le son qu'il fait sortir de son instrument, on ne peut tout simplement pas y rester indifférent. Il semble si naturel que quand on l'entend, on est comme hypnotisé et on se demande si on a déjà entendu quelque chose d'aussi pur.

Quand le morceau se termine, le vieil homme se lève et serre vigoureusement la main de chacun des musiciens. Les gens applaudissent, ils ne veulent pas que ça s'arrête. Les musiciens demandent au vieux saxophoniste de rester un peu plus. Ils insistent. Mais le vieil homme a des choses à faire, une histoire à continuer. Il range son saxophone délicatement dans sa boîte à roulettes et salue timidement la foule. Puis il traverse la rue.

« Quel succès ! »

Le vieil homme tourne la tête et sourit en reconnaissant le jeune homme qui marche désormais à sa hauteur.

« Et dire que je vous avais pris pour un magicien... à cause de votre ventre qui gonfle... »

Le vieux sort de sa poche les quelques billets qu'il vient de gagner.

« Je suis un peu magicien quand même, non ? »

Il ricane. Rapidement imité par le jeune homme. Il y a quelque chose de tellement communicatif dans le regard de ce vieillard. On dirait que derrière ses yeux espiègles, il y a un gamin caché en embuscade.

« J'ai joué avec des chefs, ce soir. J'vais même pouvoir me payer l'hôtel... Des chefs ! C'est sûr ! »

Au loin, les musiciens reprennent leur concert.

« Vous aussi, vous êtes musicien, non ? En tout cas, la musique vous parle, à vous aussi... »

Le jeune homme baisse la tête. Non, il n'est pas musicien.

« Mais bien sûr que vous l'êtes, s'esclaffe le vieux. Je le sais. Je vous ai vu tout à l'heure, pendant le dernier morceau. Vous tapez du pied à contretemps. Mais toujours en rythme. Comme Jimmy Blanton. Ça faisait longtemps que je n'avais pas vu ça... »

Il y a de la tendresse dans le regard de ce vieux.

Le jeune homme sourit.

« Vous n'êtes pas du coin, je me trompe ?

– Je ne sais plus trop d'où je suis. À force de ne pas tenir en place, on est de partout et de nulle part.

– Vous comptez rester un moment ?

– Si je ne vous avais pas vu en uniforme l'autre soir, je vous demanderais si vous êtes de la police », plaisante le vieil homme.

Le jeune homme se tait, un peu gêné.

« Faites pas cette tête, je vous taquine... Non, je ne crois pas que je vais rester longtemps. J'ai juste quelque chose à terminer. Et après, je file.

– Cette histoire que vous écrivez, c'est ça ?

– Exact.

– Vous avez bientôt fini ?

– Oui et non. Il y a tellement de souvenirs qui remontent à la surface... »

Le vieil homme se perd dans ses réflexions quelques instants.

« Je m'étale. Il faut que j'avance. C'est pour ça que ce soir, j'ai décidé d'aller à l'hôtel. J'ai besoin d'une petite table. C'est quand même plus pratique... »

Il ricane. À nouveau.

« Elle vous faisait recopier la Bible, votre mère, quand vous étiez petit ?

– Non.

– Bah, je suppose que vous avez vos propres souvenirs... »

Il lève la tête.

« Je crois que je suis arrivé. »

Il s'arrête, se retourne, puis il lâche sa valise et se pose une main sur le ventre.

« Ça vous dirait que je vous apprenne mon tour ? J'appelle ça "le coup de la dinde" ! »

Sans réfléchir, le jeune homme se pose également une main sur le ventre et, pendant plusieurs minutes, il s'essaie à la magie.

«Va falloir vous entraîner un peu», conclut le vieux en lui adressant un clin d'œil.

Le jeune homme le regarde disparaître à l'intérieur du bar un peu miteux sur la façade duquel on peut lire que quelques chambres à l'étage sont libres. Puis il suit son propre chemin, la main sur le ventre et les pensées bercées par une mélodie qu'il est sûr de n'avoir jamais entendue auparavant, mais qui lui semble pourtant aussi familière que ces rues qu'il arpente depuis toujours.

Partie 2

Harlem, vue d'en bas

Chapitre 7

Du noir, du blanc et du bleu

C'était bien beau de vouloir devenir un homme et de voler de ses propres ailes, de vouloir subvenir aux besoins du foyer, mais encore fallait-il que je trouve un moyen de gagner ma vie ! Et il était hors de question de passer mes journées à besogner dans une usine pour gagner les quelques dollars qui me permettraient seulement de payer le loyer et de continuer à pointer jour après jour. Ce cercle vicieux-là, je ne voulais pas mettre le pied dedans. Ce que je voulais, moi, c'était en faire sortir ma mère.

Ne sachant donc pas trop par où commencer, j'ai continué à accompagner Joseph sur Lenox Avenue. Je gardais l'œil ouvert, tandis qu'il offrait son plus beau sourire et chantait sa petite chanson. Sur l'air de « vot' bonne étoile, vot' bonne étoile, j'l'ai vue briller la nuit passée ». Et ça marchait plutôt bien.

Les années 1920, qu'on a appelées les *roaring twenties*, les années rugissantes, furent une période de prospérité et de croissance économique aux États-Unis, et New York en était le symbole. Mais tout le monde ne pouvait prétendre à la grosse part du gâteau. Pour que cela fonctionne, il fallait bien que des petites mains acceptent de se contenter des miettes. En rêvant à des jours meilleurs.

Félicia et ma mère ne savaient bien sûr pas ce que nous fabriquions, mon oncle et moi. Je cachais mon butin dans une petite boîte en fer et Joseph, de plus en plus mal à l'aise de mentir à sa femme et à ma mère, en faisait autant. Il utilisait une partie de ses gains pour payer le loyer et les factures et ce qu'il restait, il le cachait pour ne pas éveiller les soupçons. Et je crois aussi qu'il allait boire quelques coups en douce, de temps en temps. Ce n'est pas qu'on faisait fortune, mais le bolito, ça payait quand même bien mieux que le chantier. Cela demandait beaucoup moins d'efforts, aussi. Si peu d'ailleurs que parfois, on rentrait à la maison les pieds et les mains gelés à force de rester dehors à ne rien faire.

Mais cette histoire de loterie, pour mon oncle en tout cas, allait bientôt prendre fin.

Ce jour-là, je m'en souviens très bien, le cinéma devant lequel nous opérions venait de changer le film à l'affiche. *Les Nuits de Chicago* avait laissé la place au *Roi des rois*. Je n'ai jamais vu ni l'un ni l'autre.

J'étais adossé à un mur et Joseph était planté au milieu du trottoir. Ils étaient nombreux à passer leur chemin mais il ne se passait pas plus de dix minutes sans que quelqu'un ne s'arrête. Et une fois que l'hameçon avait été mordu, l'affaire était dans la poche. À tous les coups.

De mon côté, je travaillais ma respiration abdominale tout en scrutant les alentours. La respiration, cela avait été le thème de ma première leçon avec Charlie. D'après lui, tout venait du ventre.

Quand il m'avait tendu le bec du saxophone et m'avait demandé de souffler dedans, j'avais pris une grande inspiration à m'en faire éclater les poumons et j'avais soufflé de toutes mes forces. Charlie m'avait alors donné un léger coup avec sa main au niveau des abdominaux.

« Je t'ai pas demandé de gonfler des ballons pour la fête du quartier ! m'a-t-il dit. Tout vient des tripes, Sonny ! C'est là que ça se passe. Regarde bien ! »

Il avait alors soulevé sa chemise et commencé une vraie danse du ventre. Ce dernier se gonflait et se rétractait au rythme de ses inspirations et de ses expirations.

« Là, on dirait que je viens de manger une dinde à moi tout seul et là... » il avait marqué une pause de quelques secondes, « ... que je n'ai pas mangé depuis trois semaines ! Tu vois la différence ? »

Il aurait été difficile de ne pas la voir.

« Et faut faire ça lentement, expire l'air tout doucement. L'air que tu expires, c'est le son que tu produiras. Si tu veux qu'il dure, il faut que tu contrôles tes tripes ! »

J'étais donc là, à regarder mon oncle vendre du rêve tout en gonflant et creusant mon ventre. J'avais mangé une dinde, je n'avais pas mangé depuis trois semaines. J'avais mangé une dinde, je n'avais pas... Et j'ai vraiment dû être très concentré sur cette gymnastique abdominale parce que quand les deux types se sont flanqués de chaque côté de mon oncle, je n'avais rien vu venir.

Ils étaient pourtant blancs, ce qui se remarquait quand même à Harlem. Ils n'avaient pas l'air de policiers. Ils portaient des chapeaux et des pantalons à pinces et leurs souliers étaient particulièrement bien cirés. On aurait pu se raser en se regardant dedans. Ils ont commencé à bousculer mon oncle et je me suis vite approché, un peu honteux de ne pas avoir joué correctement mon rôle de guetteur.

« T'as combien dans tes poches, négro ?

– J'ai rien. Juste... quelques dollars du chantier... »

Joseph commençait à bafouiller.

« Tu nous prends pour des caves ? Tu crois qu'on sait pas ce que tu trafiques ? »

Un des hommes a relevé l'extrémité de son chapeau pour mieux dévisager mon oncle. Sans réfléchir, je me suis campé devant lui et j'ai planté mes yeux dans les siens.

« Qu'est-ce qu'il t'arrive, le morveux ? Tu cherches une bonne correction, c'est ça ? »

L'autre a rigolé. Mon oncle m'a tiré par l'épaule. Je commençais à bouillonner.

« Voilà, ce que j'ai ! »

Mon oncle a vidé ses poches et en a sorti toute la recette de la matinée.

« Donne-nous les fiches aussi ! Le règne de la négresse, c'est fini ! Tu feras passer le message. »

Mon oncle s'est exécuté et tout notre butin a disparu au fond des poches de leurs longues vestes noires.

« Si vous ne voulez pas finir dans un sac au fond de l'Hudson, vaudrait mieux qu'on vous revoie pas dans le coin à recommencer votre cirque. T'as bien compris, négro ? »

Le plus petit des deux s'était rapproché de Joseph et le toisait avec des yeux emplis de haine et de violence. Il avait l'air d'un chien enragé. Joseph a hoché la tête. Sans rien ajouter, les deux hommes ont repris leur route. En prenant soin de nous bousculer au passage. Comme si leur petit numéro n'avait pas suffi.

On est restés sur place quelques instants, hébétés au milieu du flot des passants qui continuaient à aller et venir comme si de rien n'était.

« Il faut que je trouve Sam », a seulement dit mon oncle après un moment.

On est partis sans échanger le moindre mot sur ce qui venait de se passer.

On a marché des heures dans Harlem. Joseph avait le visage fermé et n'a pas décroché un mot. Peut-être pensait-il à mon père ? À ce soir de novembre 1919 où il avait assisté impuissant au meurtre d'un homme dont le seul tort était d'être noir. Je n'en sus rien. Moi, j'y ai pensé. La violence de ce monde en noir et blanc dont j'avais finalement été préservé jusqu'à présent venait de me sauter à la gorge.

On a fini par retrouver Sam au coin de la 135e et de Lenox Avenue. Mon oncle lui raconta comment nous avions perdu la recette de la matinée. Il lui fit également part de sa décision de prendre une retraite anticipée.

« Désolé, vieux, je crois que je préfère le chantier à tout ça ! »

Sam ne l'a pas jugé. Et moi non plus.

« J'ai quand même des comptes à rendre, Joseph. Il va falloir rembourser. Ou on va me tomber dessus et c'est moi qui vais finir dans l'Hudson. Même si moi, c'est des frères de couleur qui me paieront le voyage, le résultat sera le même.

– Bien sûr, bien sûr », a dit mon oncle sans sourire.

On a fait le point avec Joseph et en comptant ce que chacun avait mis de côté, on avait de quoi rembourser la p'tite reine et oublier toute l'histoire.

« Donne-moi une heure et tout sera réglé. »

Sam a donné rendez-vous à mon oncle devant une épicerie en bas de Lenox et nous sommes rentrés réunir nos économies.

Quand je suis monté sur le toit un peu plus tard, mes idées étaient confuses. J'avais envie de m'envoler, de me perdre dans le ciel pour ne plus jamais reposer les pieds sur le goudron des rues de cette ville qui semblait ne pas vouloir me donner ma chance.

J'ai repensé au livre que j'étais en train de lire. Qu'est-ce que j'aurais donné pour rejoindre Moko, Briant, Doniphan et les autres sur leur île perdue dans l'océan Pacifique ! Ils n'avaient pas la vie facile, c'était sûr. L'hiver approchait et même s'ils venaient de trouver une grotte pour établir un campement, les semaines à venir promettaient d'être particulièrement éprouvantes. Mais ils étaient maîtres de leur destin.

À défaut de m'évanouir au travers des nuages tel un oiseau, j'ai sorti le bec de mon saxophone et j'ai commencé à souffler. Je me suis concentré sur ma respiration et, bientôt, mon abdomen s'est mis à danser. Lentement. Le son que je produisais n'était bien sûr pas très beau car il manquait une grande partie de mon instrument, mais je sentais à quel point j'avais progressé. Mon son était long et surtout très régulier. J'arrivais à présent à garder une intensité égale sur presque dix secondes. Ce qui était plus que satisfaisant d'après ce que m'avait dit Charlie.

Quand il est apparu à mon côté, j'ai sursauté de surprise.

« Ça, c'est de la concentration, avait-il plaisanté. À quoi donc pensais-tu pour avoir l'air si surpris de me voir ? »

Je n'ai rien dit. Je ne savais même plus dans quelle dimension mes pensées s'étaient perdues.

« Tiens, je crois que tu attendais ça avec impatience, non ? »

J'ai saisi l'étui et je l'ai posé par terre. J'ai défait les deux loquets et j'ai ouvert la boîte.

« Faut pas rester comme ça à le regarder, p'tit ! Faut pas laisser un instrument t'impressionner, sinon t'en feras jamais rien ! »

J'ai attrapé le saxophone, avec précaution, et je l'ai mis en position verticale. Charlie m'a montré comment fixer le bec au bocal et m'a tendu une sangle.

« Je crois que mon ami a fait du bon boulot. Allez, vas-y maintenant, souffle dedans ! »

J'ai hésité. J'avais peur d'être déçu par ce que j'allais entendre.

« Allez, Sonny, fais-toi plaisir ! Et rassure-toi, on est tous passés par là. »

J'ai arrêté de réfléchir et j'ai soufflé.

Je ne peux pas dire que le son qui est sorti était beau ou même régulier. Mais j'ai sorti un son. Finalement, c'était ça qui importait. Et j'ai continué. J'ai soufflé, soufflé et soufflé encore.

Je faisais courir mes doigts sur les clés sans savoir ce que je faisais. J'aurais été incapable de nommer les notes qui s'échappaient du pavillon. Charlie me regardait en souriant. Et je soufflais de plus belle. Voyant que je ne m'arrêtais pas, Charlie a pris son propre instrument et m'a accompagné.

Par ma faute, l'ensemble ne ressemblait pas à grand-chose et pourtant, le plaisir que je ressentais me faisait oublier toute l'amertume et la colère qui me clouaient au sol depuis le matin. J'étais un oiseau virevoltant dans l'infini du ciel. Et il n'y avait plus de blanc ni de noir. Seulement du bleu à perte de vue.

Quand Charlie s'est arrêté, j'ai continué quelques instants à voler tout seul, heureux comme seul un enfant peut l'être.

« C'est ton âme qui chante là-dedans, Sonny ! N'oublie jamais ça ! »

Je tenais mon saxophone serré tout contre moi.

Charlie s'est assis et m'a regardé avec ses yeux qui pétillaient.

« Je crois qu'il est temps de passer à la leçon numéro deux. »

Chapitre 8

Un ticket pour la rue

« 'jour, m'sieur Jenkins !

– Bonjour, Sonny ! Ça fait longtemps que je t'ai pas vu, dis-moi. Je suis content que tu te décides à revenir parmi nous. J'ai encore des tonnes de choses à t'apprendre, tu sais ! Et en ce moment, il y a de la place pour tout le monde. Tu tombes très bien. »

La grande salle de classe était déjà pourtant presque pleine. Les portes de l'école ne se refermeraient que dans une dizaine de minutes, autant dire que la moitié du quartier avait encore le temps de débarquer.

Monsieur Jenkins était très grand. La finesse de sa silhouette le faisait paraître plus grand encore. Il impressionnait toujours les nouveaux élèves, mais quand on le connaissait un peu, on savait que c'était un gentil géant. Il était tellement patient. Je me suis souvent demandé comment il faisait. À sa place, j'aurais au moins une fois ou deux jeté quelques-uns d'entre nous par la fenêtre. Nous n'étions pas tous les jours des petits anges. Mais il en fallait plus pour lui faire perdre son sang-froid.

Il portait toujours un pantalon et une veste de velours, ainsi qu'une chemise, souvent blanche, et un gilet de laine. Parfois, on le voyait affublé d'un chapeau, les jours de pluie. Ses dents étaient blanches comme la craie et sa peau noire comme le charbon. Quand il souriait, je ne l'ai jamais oublié, la pièce était tout à coup plus lumineuse, comme si quelqu'un venait d'allumer une lumière.

« C'est gentil, m'sieur Jenkins, mais je suis juste venu accompagner ces enfants terribles. »

Chattanooga, Tulsa, Charlotte, Jackson et Brunswick se cachaient derrière moi, en file indienne.

« Allez vous asseoir, vous autres. »

Je les ai poussés un peu et monsieur Jenkins a pris le relais.

« Les portes du savoir n'attendent que vous pour s'ouvrir », leur a-t-il lancé en leur pinçant joyeusement les joues.

Puis il a rangé son sourire et a froncé les sourcils.

« Mais toi, Sonny, quelles portes vas-tu ouvrir aujourd'hui ? Ne pourrais-tu pas rester avec nous et faire profiter les autres de tes fantastiques connaissances en géographie ? »

Que pouvais-je bien lui répondre ? Certainement pas que j'allais me mettre à la recherche de Sam, l'ami de mon oncle, et que j'allais essayer de le convaincre de me laisser vendre les tickets de bolito à la place de Joseph.

« J'vais travailler, m'sieur. Enfin, j'vais essayer de trouver quelque chose. J'ai quatorze ans, ça y est !

– Mais cela ne t'empêche pas de rester avec nous, tu le sais. »

Bien sûr que je le savais. Et si on m'avait donné un salaire, peut-être y serais-je resté.

« Comment va ta maman ? »

Monsieur Jenkins fréquentait la même église que nous, l'église baptiste de la 135e Rue. Le dimanche précédent, il avait accompagné ma mère dehors, quand elle avait été prise par une soudaine quinte de toux, en plein sermon.

« Il faut qu'elle se repose », j'ai répondu au bout d'un moment.

La classe commençait à s'agiter derrière nous. Monsieur Jenkins a posé une main sur mon épaule et m'a demandé de faire attention à moi. Il aurait bien aimé que je reste mais il n'a pas insisté davantage.

Je l'ai salué et je suis parti. Non sans jeter un regard faussement menaçant à Chattanooga et les autres. Ils avaient intérêt à être sages ! Tulsa m'a souri et les autres ont soupiré, visiblement peu excités à l'idée de découvrir ce qui se cachait, ce jour-là, derrière les portes du savoir.

*

Quand j'ai redescendu la 120e Rue pour retrouver Lenox, j'ai eu l'impression que c'était la première fois que je me retrouvais seul dans les rues de Harlem. Ce n'était peut-être pas vrai, mais ce sentiment de liberté, d'indépendance, c'était nouveau. J'avais menti à ma mère et à mon oncle qui me croyaient à l'école et donc personne ne savait où j'étais.

Joseph, il avait déjà retrouvé un boulot. Grâce à Camden et Pulaski qu'il avait croisés et qui lui avaient annoncé qu'ils cherchaient du monde là où ils travaillaient, l'usine de confection de la 130e Rue. Joseph était venu me trouver pour me proposer de le suivre mais j'avais dit, devant ma mère, que j'allais retourner un peu à l'école. En attendant de savoir vraiment ce que je voulais faire. Je n'étais pas fier de tous ces mensonges. Mais j'avais quatorze ans, et le monde à découvrir.

J'ai remonté Lenox, fier comme un pape ! Je toisais les gens en me racontant des histoires. Harlem, c'était mon quartier, gare à vous ! À l'angle de la 135e, j'ai pris vers l'ouest et un bloc plus loin, j'ai tourné à gauche pour redescendre la 7e Avenue. J'avais cru comprendre que c'était là que Sam opérait. Je l'ai retrouvé aux abords d'un petit marché de fruits et légumes. Avant d'aller à sa rencontre, je l'ai observé un peu.

Il était seul. Personne ne faisait le guet pour lui. Il portait un chapeau qu'il n'arrêtait pas de remettre en place avec sa main droite. Il le faisait à chaque fois qu'il entreprenait quelqu'un. Je ne savais pas trop si c'était pour se donner une contenance ou bien si c'était un code que les gens étaient censés comprendre. Ça avait l'air de marcher plutôt bien pour lui en tout cas. Ils étaient nombreux à s'arrêter pour écouter ce qu'il avait à dire.

Je suis resté comme ça quelques minutes, caché dans un coin, avant de prendre mon courage à deux mains et d'aller me planter devant lui. Il m'a tout de suite reconnu, je l'ai vu dans ses yeux, mais il avait oublié mon prénom.

« Je suis Sonny !

– Sonny, c'est ça ! Qu'est-ce que tu fais dans le coin, gamin ? T'es tout seul ? »

Je lui ai expliqué que Joseph avait retrouvé une place. Et que j'étais prêt à prendre la suite. Il m'a fait signe de le suivre et on s'est un peu écartés du marché.

« Je ne sais pas ce que tu t'imagines, gamin, mais c'est pas la cour de récré ici. T'as déjà oublié ce qui s'est passé l'autre jour ? T'as autant de mémoire qu'un clebs, ma parole.

– Joseph, il a fait comme il a pu. Mais moi, si j'avais été à sa place, j'les aurais pas laissés s'en sortir comme ça. J'aurais...

– Écoutez-moi ça ! Non mais, qu'est-ce que tu crois, p'tit ? T'es aussi bête qu'un âne ou quoi ? Ton oncle, il a fait la seule chose à faire ! Si tu penses autrement, tu ferais mieux de rentrer chez toi en rasant les murs et en priant qu'il ne t'arrive rien. C'est la rue, ici. Et pas n'importe laquelle. Si tu joues aux cow-boys, t'as vite fait de te retrouver avec deux balles dans le buffet et un ticket pour aller explorer les fonds marins. Et crois-moi, quand on retrouve un Noir qui flotte dans le mauvais sens, la justice ne remue pas ciel et terre pour savoir ce qui s'est passé ! Et puis de toute façon, c'est déjà trop tard... »

Sam a soupiré en jetant des regards un peu partout. Il a sorti un paquet de cigarettes et en a allumé une.

« "J'les aurais pas laissés..."

– C'est pas ce que je voulais dire... »

J'avais vraiment raté mon coup. En essayant de jouer aux durs, je m'étais ridiculisé et je ressemblais plus à un gamin de cinq ans en plein caprice qu'à un homme.

« Je ne suis pas fou. Je ne veux pas mourir, ai-je essayé de me rattraper. Je veux juste aider ma mère et rapporter de l'argent à la maison. Je suis petit. Et rapide. En plus, j'écris beaucoup plus vite que Joseph. »

Quand on enregistrait un pari, il fallait noter les trois chiffres et le nom et l'adresse du joueur. Pour pouvoir le retrouver si jamais il venait à gagner. Ou au moins le lui faire croire.

« Je peux m'en sortir sans attirer l'attention.

– Pourquoi tu vas pas à l'usine, avec Joseph ?

– L'usine, c'est pas pour moi ! »

Sam m'a observé pendant de longues secondes. Puis il a baissé son chapeau sur les yeux et a tiré plusieurs fois sur sa cigarette. Il a fini par relever la tête.

« Bon... »

J'avais gagné.

Pendant cinq minutes, je l'ai écouté mettre les choses au clair. Joseph ne devait rien savoir et j'allais juste faire un essai. On verrait ensuite. On s'est donné rendez-vous le lendemain matin et il est retourné dans les allées du marché. Je l'ai regardé quelques instants recommencer à faire tourner son chapeau et je suis parti.

Un chapeau, il m'en fallait un, à moi aussi.

Quand je suis rentré à la maison, j'ai attrapé mon saxophone et je suis allé sur le toit. J'ai fait danser mon ventre pendant quelques minutes puis j'ai commencé à travailler mes premières gammes.

La leçon numéro deux avait été beaucoup plus dense que la première. Charlie m'avait non seulement montré les doigtés correspondants à toutes les notes qu'il est possible de jouer, mais il avait également commencé à m'initier à la théorie de la musique. Je n'étais pas sûr d'avoir tout retenu mais j'avais assez bien enregistré les positions de doigts qu'il m'avait montrées.

Et même si j'étais loin d'être au point, l'enchaînement de quelques notes ressemblait parfois à une mélodie.

Seul sur mon toit, j'ai soufflé en pressant mes doigts sur les clés du saxophone en me demandant si de là où il était, mon père entendait son instrument commencer sa rééducation.

Chapitre 9

Rouge et blanc

« Allez, recommence ! Et applique-toi un peu, ça dépasse de partout ! Tu vois bien qu'il y a des lignes sur ta feuille. Elles ne sont pas là pour faire joli !

– Ouais, mais c'est dur, elles sont trop serrées.

– C'est toi qu'es trop serré !

– Monsieur Jenkins, l'est plus gentil que toi, a bougonné Charlotte tout en recommençant sa ligne.

– Je sais ! Allez, continue. »

Les parents de Charlotte et ceux de Tulsa rentraient tard et souvent, en attendant ma mère, je les accueillais pour les aider un peu. Cela m'amusait de jouer au maître d'école. Parfois, Tulsa restait même manger avec nous.

Le père et la mère de Tulsa travaillaient respectivement dans une scierie et une fabrique de boîtes de conserve. Ils finissaient tard et, sur le chemin du retour, ils s'arrêtaient, l'un et l'autre, noyer leur chagrin dans l'alcool. Ils ne s'étaient jamais vraiment remis de la mort de leur fils Louis, le frère jumeau de Tulsa.

« J'ai fini. Je peux faire un dessin ?

– Montre-moi ce que tu as fait. »

Elle s'était appliquée. Le petit texte qu'elle venait de recopier était aussi bien écrit que si je l'avais fait moi-même.

« Qu'est-ce que tu regardes ? » me demanda-t-elle.

Depuis un petit moment, j'étais posté devant la fenêtre, j'observais les gens aller et venir. Je guettais l'arrivée des Blancs dans notre quartier. Mais il était encore trop tôt. L'invasion aurait lieu un peu plus tard. C'était quand le noir tombait sur la ville que les souris blanches des beaux quartiers venaient s'encanailler chez nous.

J'ai donné une feuille à Tulsa pour qu'elle y fasse un dessin. Elle m'a souri avec ses yeux malicieux.

« Qu'est-ce que tu veux que je te fasse ? »

J'ai réfléchi quelques instants.

« C'est toi qui décides ! »

Tulsa a pris son air de petite fille sérieuse et a commencé à mâchouiller l'extrémité de son crayon. Puis elle s'est lancée.

J'ai rapidement reconnu le pont ferroviaire qui traverse la Harlem River pour rejoindre le Bronx.

Ce pont, les parents de Tulsa nous y emmenaient de temps en temps quand on était un peu plus jeunes. C'était un endroit d'où on pouvait voir les trains sortis de terre passer d'un quartier à l'autre ainsi que des bateaux descendre ou remonter le courant.

« Moi aussi, j'veux dessiner ! »

J'ai donné une feuille à Charlotte et je les ai laissés tous les deux à leur séance d'expression artistique. De mon côté, j'ai attrapé ma bible et j'ai commencé à en recopier un passage, sans faire attention à ce que j'écrivais. Je me concentrais sur mon abdomen.

Ma mère est rentrée plus tôt qu'à son habitude ce jour-là. Quand elle a ouvert la porte, j'ai tourné la tête avec surprise. Je ne l'avais pas entendue monter les escaliers. Elle a esquissé un sourire en nous apercevant, puis elle a perdu l'équilibre. Son corps est tombé en avant. Elle s'est rattrapée à la table, *in extremis*. Tulsa et Charlotte se sont levés d'un bond et se sont tournés vers moi. Qu'est-ce qui se passait ?

J'ai attrapé ma mère par le bras et je l'ai aidée à s'asseoir. Elle a commencé à tousser. Charlotte lui a apporté un verre d'eau. Elle l'a vidé d'une traite mais cela n'a pas calmé sa toux.

J'ai rassuré Charlotte et Tulsa et je les ai renvoyés chez eux.

« Ma, tu veux t'allonger ? »

Elle a toussé, toussé et toussé encore. La toux se calmait pendant quelques secondes, ma mère se préparait à dire un mot, mais à peine ouvrait-elle la bouche que la toux reprenait de plus belle. Je me tenais debout, à côté d'elle, et ne sachant quoi faire d'autre, je lui caressais le dos.

« Je vais chercher Félicia », j'ai déclaré après un moment.

J'ai descendu les escaliers au pas de course. J'ai frappé à la porte de Félicia et Joseph et, rapidement, ils m'ont suivi chez nous.

« Eunice ? Qu'est-ce qui se passe ? » a demandé Joseph, pris de panique en voyant sa petite sœur pliée en deux au-dessus de l'évier.

Ma mère n'a rien dit. Elle essayait de contrôler les spasmes qui lui tordaient le ventre et lui nouaient la gorge. Félicia s'est approchée d'elle et a passé son bras autour de sa taille, pour la soutenir. Ma mère s'est tordue à nouveau et un long râle est sorti de son corps. Elle s'est penchée jusqu'à toucher le bord de l'évier avec son menton. Elle semblait ne plus respirer, tout à coup. Puis elle s'est légèrement relevée et a craché.

C'était la première fois que je voyais ma mère aussi mal.

« Joseph, va chercher le docteur ! » a ordonné ma tante.

Mon oncle est parti sur-le-champ. Je me suis approché de ma mère et j'ai posé ma main sur la sienne. Elle était brûlante. J'ai baissé les yeux et j'ai vu le sang qui commençait à couler le long des parois blanches et incurvées de l'évier.

J'ai senti mes yeux s'emplir de larmes et mon ventre se serrer.

Quand Joseph est enfin revenu avec le docteur Wilson, ma mère était étendue sur mon lit. Elle avait finalement arrêté de tousser mais frissonnait de tous ses membres. Son front était brûlant. Le docteur s'est assis à ses côtés et a sorti son stéthoscope. Nous, on est retournés dans la cuisine et on a attendu.

Quand le docteur est réapparu, son visage était grave.

« Plus têtue qu'une mule », a-t-il commencé par nous dire.

Ma mère avait refusé d'être hospitalisée malgré l'insistance du médecin. Il faut dire que l'hôpital de Harlem, dans le quartier, tout le monde l'appelait « la morgue ». Joseph disait qu'on avait plus de chances d'y attraper la mort qu'en buvant l'eau des égouts.

« Qu'est-ce qu'elle a, Eunice ? a demandé Joseph.

– Une broncho-pneumonie, je pense. Et une bonne grippe par-dessus. À défaut d'hospitalisation, il va falloir qu'elle suive scrupuleusement le traitement que je vais lui prescrire. Et qu'elle arrête d'avaler toute cette poussière. Quand on écoute ses poumons, on a l'impression d'entendre une vieille locomotive lancée à plein régime. »

Le docteur Wilson a sorti une petite page blanche de son gros sac en cuir et a commencé la liste des médicaments que nous allions devoir nous procurer.

« L'usine de gâteaux, c'est fini, a-t-il déclaré sur un ton définitif. Y a-t-il quelqu'un en mesure de lui faire entendre raison ? »

Joseph, Félicia et moi, on a tous répondu en même temps. On ferait de notre mieux.

« Dans l'immédiat, il faut qu'elle reste au lit. Je lui ai administré une dose de morphine pour la nuit. Mais dès demain matin, il faut qu'elle commence ce traitement. »

Le docteur a tendu l'ordonnance à Joseph.

« Je repasserai demain soir. »

*

Les coups devenaient de plus en plus forts. La terre était-elle en train de trembler ? Était-ce la fin du monde ? J'ai fini par comprendre que quelqu'un était en train de frapper à la porte.

J'étais allongé sur le sol de ma chambre, tout habillé. Je me suis redressé et ai posé la main sur le front de ma mère. Elle était aussi chaude que la veille.

Je me suis précipité à la porte. J'avais mal partout.

C'était Joseph et Félicia. Le jour n'était pas encore levé mais la nuit était terminée.

Joseph n'avait pas beaucoup de temps parce qu'il devait aller travailler. Il voulait emporter l'ordonnance avec lui mais j'ai insisté pour la garder, c'est moi qui me chargerais des médicaments. J'ai demandé à Félicia de veiller sur ma mère au moins pour la matinée. Ils ont essayé de savoir ce que j'avais derrière la tête mais je ne leur ai pas dit ce que je comptais faire. Joseph est parti et Félicia est allée chercher son matériel de couture. Puis à mon tour, après avoir embrassé le front brûlant de ma mère, je suis parti.

Je m'en voulais de partir comme ça mais je ne pouvais pas commencer ma période d'essai en posant un lapin à Sam. Et il fallait plus que jamais ramener de l'argent à la maison.

Je l'ai retrouvé comme convenu à l'angle de Lenox et de la 125e.

« Tiens, voilà pour toi ! » m'a-t-il simplement dit en me tendant une fiche de paris.

Je l'ai saisie en fronçant les sourcils.

« J'en veux plus que ça. Je t'ai dit que j'allais être plus rapide que Joseph.

– C'est ça, c'est ça ! Et moi, je t'ai dit que c'était juste un essai. Alors, tu prends ce que je te donne et quand cette fiche sera complétée, on en reparlera. »

Je n'ai pas insisté. Ce n'était pas le moment de tout gâcher.

« Je serai sur Lenox, entre ici et la 135e jusqu'à midi. Viens me trouver quand tu auras terminé. Ou si tu as un problème. »

J'ai remonté le col de mon manteau, plongé mes mains dans mes poches et je suis parti. J'ai senti le regard de Sam dans mon dos jusqu'à ce que je tourne dans la 126e en direction de Broadway. J'avais des choses à prouver.

*

Il était un peu plus de midi quand j'ai ouvert la porte de l'appartement. J'ai posé le sac en papier sur la table et rejoint Félicia.

« Comment va-t-elle ?

– Elle est toujours aussi chaude. Elle ne s'est pas réveillée. Elle s'agite, elle divague, mais elle ne se réveille pas. »

On l'a laissée quelques instants pour aller étudier le contenu du sac que je venais de ramener. J'ai lu les prescriptions à ma tante et on a préparé quelques comprimés que ma mère devait avaler immédiatement. Après quelques minutes de lutte, on est finalement parvenus à la redresser.

« Allez, Ma, il faut que t'avales ça ! »

Ma mère ne faisait aucun effort et son corps était aussi lourd que celui d'un cheval. Elle ne nous entendait même pas, absorbée qu'elle était par des conversations imaginaires dont nous ne pouvions nous représenter la teneur tellement ce qu'elle racontait n'avait ni queue ni tête.

Je lui ai fourré les comprimés dans la bouche sans ménagement. Félicia lui a fait avaler deux gorgées d'eau avec la même délicatesse. On n'avait pas le choix. Puis on a laissé le corps de ma mère retomber en arrière, tandis qu'elle poursuivait ses divagations.

Elle n'avait pas ouvert les yeux une seule seconde.

Après quelques minutes seulement, son corps bouillant et désarticulé n'émettait plus que des gémissements. Puis elle a sombré dans un sommeil plus apaisé.

Cela faisait cinq minutes qu'on regardait ma mère sans rien dire.

« Qu'est-ce que t'as fabriqué ce matin, Sonny ? me dit ma tante. Tu l'sors d'où l'argent pour les médicaments ?

– Je travaille maintenant.

– Où ça ? »

Je n'aimais pas le ton sur lequel elle me parlait.

« C'est mes affaires ! Ma ne va pas retravailler tout de suite, il faut bien que je devienne un homme maintenant, non ? »

Elle ne pouvait rien dire. Ce qu'elle et Joseph avaient peut-être pris pour un caprice, par la force des choses, n'en était plus un.

« Tu restes avec elle encore un peu ? »

Ma tante a hoché la tête et, dans un geste un peu maternel, elle a passé sa main dans mes cheveux. Je lui ai souri.

« Je ne bouge pas d'ici jusqu'à la visite du docteur Wilson. »

Je l'ai remerciée et j'ai attrapé l'étui qui renfermait mon saxophone.

« C'est ton âme qui chante là-dedans, Sonny ! N'oublie jamais ça ! »

Chaque jour, quand je posais mes lèvres sur le bec de mon saxophone pour la première fois de la journée, j'entendais cette phrase de Charlie.

Et je creusais mon ventre et je creusais mon ventre.

Et jour après jour, je sentais mon âme qui chantait de mieux en mieux.

Chapitre 10

Des parallèles, des perpendiculaires et des mauvaises rencontres

Les rues de Harlem ne sont pratiquement faites que d'angles droits. Il y en a comme qui dirait à tous les coins de rue. Les avenues qui courent du sud vers le nord comme si elles cherchaient à fuir la ville passent leur temps à entrer en collision avec les rues qui traversent le quartier d'est en ouest, de la Harlem River à l'Hudson. Ou inversement. Un quadrillage géant dans lequel, après quelques jours passés à y user mes souliers, je retrouvais mon chemin comme dans ma propre poche.

J'avais passé avec succès ma période d'essai et je m'étais récompensé en m'achetant un béret que je baissais sur mes yeux au maximum pour me donner l'air mystérieux. J'étais devenu collecteur de paris, un vendeur de rêve, comme disait Sam. Je travaillais essentiellement le matin car j'étais rapide et Sam refusant, malgré mon insistance, de me donner plus d'une fiche à remplir, j'en venais à bout en deux ou trois heures seulement. Je crois que Sam avait peur que Joseph découvre quelque chose.

Contrairement à mon oncle, je ne restais jamais au même endroit très longtemps. Marcher, ça réchauffait, mais je ne voulais surtout pas être repéré trop vite. Je parcourais donc Harlem dans tous les sens possibles et imaginables. Il n'y avait qu'un endroit dans lequel je ne m'aventurais pas. Sam me l'avait défendu. C'était Sugar Hill. Cela ne servait à rien, m'avait-il dit. Là-bas, ils n'avaient pas besoin qu'on leur vende du rêve et les gens qui n'avaient rien à faire dans le quartier étaient vite identifiés et éjectés. Les riches, ils se croyaient plus malins que les autres et souhaitaient préserver leur petit paradis. Je ne comprenais pas tout à fait ce qu'il voulait dire, mais comme je n'avais pas envie de perdre mon temps, je n'avais pas discuté.

C'était la fin de l'automne et les jours se succédaient sans faire d'efforts pour se distinguer les uns des autres. Je partais le matin, je remplissais ma fiche de paris et je rentrais à la maison. Parfois, je m'achetais un sandwich et j'allais le manger dans Central Park avant de rentrer. Je restais bien sûr dans la partie noire du parc, au nord.

Je faisais ma vie. Et chaque jour, je prenais un peu plus d'assurance.

L'après-midi, j'allais sur le toit et, à la chaleur de la grande cheminée, à l'abri du vent, je soufflais dans mon saxophone. Il était devenu le prolongement de ma bouche, de ma voix, de mon âme. Quand j'y repense et que je mets toutes ces heures bout à bout, je me dis que j'y ai passé des jours entiers sur ce toit, à souffler dans cet instrument.

Ma mère se remettait doucement. Elle avait été complètement abattue quand, après avoir passé plusieurs jours clouée au lit, elle avait appris qu'elle avait perdu son emploi. Mais grâce à Félicia qui lui avait proposé de lui apprendre à coudre et de l'aider en attendant d'être remise pour de bon, elle avait repris le dessus. Joseph, de son côté, passait ses journées à l'usine et, à la maison, personne ne me posait trop de questions sur ce que je faisais de mes matinées. Je crois que ma mère faisait des efforts pour me laisser grandir. Tout le monde pensait que je livrais des journaux dans Sugar Hill. Un travail fort mal payé mais pour lequel je bénéficiais de généreux pourboires. Cela expliquait mes horaires et l'argent que je ramenais à la maison. J'avais trouvé la couverture idéale.

Je n'étais pas très fier car je savais que je trahissais la confiance de ma mère – elle n'aurait jamais approuvé que je participe à une activité illégale –, mais je m'accommodais assez bien de ce sentiment de culpabilité. Je gagnais assez d'argent pour payer le loyer et subvenir à nos besoins. En attendant que ma mère aille mieux, c'était le plus important. En tout cas, c'est ce que je me disais pour me donner bonne conscience.

Pendant quelques semaines, on peut dire que tout a marché comme sur des roulettes. Puis un jour, mon chemin a croisé à nouveau celui des deux types qui avaient mis Joseph à la retraite.

Je n'avais plus que quatre lignes à remplir sur ma fiche. J'étais descendu jusqu'à Central Park en ayant dans l'idée qu'une fois mon travail terminé, j'allais le traverser jusqu'au sud. Je voulais aller au-delà de la limite invisible qui semblait séparer le parc en deux. Cette ligne de couleur qui entourait tout Harlem, tels des remparts protégeant un château fort. Je voulais voir ce qui se passait quand un Noir passait du côté blanc. Est-ce qu'il allait se mettre à pleuvoir ? Est-ce que la foudre allait me frapper ?

Je suis donc entré dans le parc du côté nord et ai commencé à haranguer quelques promeneurs. Il ne m'a même pas fallu vingt minutes pour compléter trois des quatre lignes qui me restaient. Je me souviens que mes clients n'avaient jamais entendu parler du bolito et avaient été très amusés par mon petit numéro de vendeur de bonheur. Déjà, je n'étais plus vraiment à Harlem, j'entrais en territoire inconnu.

Il ne me restait donc plus qu'une ligne à compléter : un nom, trois chiffres. Cette dernière ligne, j'avais décidé de la vendre à un Blanc. Sam m'avait pourtant bien souvent rappelé que notre loterie, c'était une histoire de Noirs, une histoire de Harlem qui ne devait pas être racontée en dehors des limites de notre quartier. Mais voilà, ce jour-là, j'avais décidé de n'en faire qu'à ma tête.

La population était assez dense à l'entrée du parc. La vie y était bruyante et agitée. Ça riait, ça s'énervait, ça parlait fort.

Des femmes semblaient vendre leurs charmes, des hommes des produits dissimulés sous leur manteau. Les gens allaient et venaient. Finalement, cela ressemblait beaucoup à ce qui se passait au pied des immeubles de mon quartier.

Je suis descendu vers le sud, traversant les conversations et les éclats de voix qui se raréfiaient au fur et à mesure de ma progression. Après dix minutes de marche seulement, j'ai pénétré dans une zone où les seuls bruits qu'on entendait étaient ceux de la ville qui encerclait le parc et les sifflements de quelques oiseaux cachés dans les arbres. Puis des silhouettes se sont dessinées. Des silhouettes avec une tache claire au niveau du visage. Je me rappelle avoir fait une pause. Je ne savais pas où je mettais les pieds et je n'étais pas très rassuré. Je n'avais toujours été, en quatorze ans, qu'un Noir parmi d'autres Noirs.

Je ne savais pas exactement ce que j'essayais de me prouver et je n'avais plus envie de m'éterniser, mais il était hors de question de faire machine arrière. J'étais bien trop fier pour cela.

J'ai aperçu deux hommes au bord d'une fontaine. L'un me tournait le dos et le second était en partie caché par le premier. Ils fumaient. Il y en aurait bien un sur les deux que ma proposition allait faire frissonner. J'ai pressé le pas vers eux et, avant de réaliser à qui j'avais affaire, j'ai commencé mon petit numéro de vendeur de rêve.

Quand l'homme qui me tournait le dos s'est retourné pour me faire face, je ne l'ai pas reconnu. Mais quand il s'est écarté sur le côté et que j'ai aperçu son collègue, tout m'est revenu en tête d'un coup et j'ai immédiatement compris que je venais de faire une énorme erreur.

« Tiens, tiens, tiens ! Alors ça, c'est à peine croyable. Qu'est-ce que t'en penses, Larry ? Tu t'en souviens de ce petit négro, pas vrai ?

– J'crois bien que oui, que j'm'en souviens. Mais la dernière fois qu'on l'a vu, il était chez lui, pas vrai ? À négroland ! »

La façon dont ils parlaient de moi comme si je n'étais pas en mesure de les entendre et leurs regards pleins de mépris me firent oublier que j'avais peur. Je sentais mes poings se serrer au fond de mes poches.

« Il a peut-être oublié le chemin de la maison, qu'est-ce que t'en penses ?

– Ça doit être ça, Albert. Il doit être perdu.

– Heureusement qu'il est tombé sur nous, dis donc.

– Ouais, comme tu dis. Je crois qu'il va nous donner ses jolis dollars et sa fiche de paris et après, on va l'aider à retrouver le chemin de son village de négros. »

À ce moment-là, le dénommé Larry s'est avancé et a levé une main pour m'attraper par le col. Je n'ai pas réfléchi et moi aussi, j'ai fait un pas en avant. Je lui ai collé, de toutes mes forces, un coup de pied dans le tibia. Il s'est plié en deux en reculant et a buté sur le bord de la fontaine.

« Sale petit... »

Il n'a pas eu le temps de finir sa phrase. Il est tombé à la renverse en agrippant la veste de son collègue, qu'il a entraîné dans sa chute. Sous la veste, j'ai eu le temps d'apercevoir un revolver, glissé dans le pantalon. Les deux hommes ont fini leur chute les fesses dans la fontaine. Je suis resté quelques secondes interdit, puis je me suis enfui en courant.

J'ai couru, couru, couru, comme jamais je ne l'avais fait auparavant. Les menaces des deux hommes, qui étaient à présent trempés à force de se débattre dans l'eau pour se redresser, se sont très vite estompées. Je me suis précipité dans le flot noir qui bordait le parc et suis ressorti au niveau de la 7ᵉ Avenue. J'ai descendu la 110ᵉ Rue vers l'est pour retrouver Lenox et m'y engouffrer, cap au nord, cap vers le cœur de Harlem.

Quand je suis arrivé au pied de mon immeuble, je ne savais pas trop quoi faire. Je n'avais pas envie de rentrer à la maison, pas dans l'état où j'étais. Mais je n'avais pas non plus envie de rester dans la rue. Même s'il me restait une ligne à compléter sur ma fiche. Ça pouvait attendre.

Je suis monté me réfugier sur le toit par l'escalier de secours de la façade est de l'immeuble, de sorte que ni ma mère ni ma tante n'ont pu me voir passer à la fenêtre.

« Tiens ! »

Charlie était à sa place habituelle, à côté de l'immense cheminée. Je suis allé m'asseoir à côté de lui.

« Tu viens sans ton sax aujourd'hui ?

– Ouais... »

J'ai croisé les bras sur mes genoux et j'ai plongé mon regard dans l'horizon. J'essayais de reprendre mon souffle et de me calmer.

« Eh bien, t'es pas très bavard aujourd'hui. On dirait que tu viens de croiser le diable. Qu'est-ce qui t'arrive ? »

C'est mon ventre qui a répondu à la question de Charlie. Je n'avais pas mangé depuis le matin et je commençais à avoir sérieusement faim. Charlie a attendu un peu puis, devant mon obstination à garder le silence, il m'a proposé de venir manger un morceau avec lui.

« On aime les haricots rouges à La Nouvelle-Orléans, pas vrai ?

– On mange que ça ! j'ai répondu en me redressant.

– Ah, enfin un sourire ! Allez, viens ! On va se régaler. »

J'ai suivi Charlie vers l'escalier de secours.

La Nouvelle-Orléans, Lakeshore Drive,
au bord du lac Pontchartrain,
mai 2018

Il y a peu de monde ce jour-là au bord du lac. Quelques promeneurs passent cependant par là et tous, sans exception, s'arrêtent quelques minutes près d'un vieillard qui joue du saxophone.

Le vieux, assis sur un banc, baigne les environs d'une musique à la fois mélancolique et enchanteresse. Les notes s'envolent et restent comme suspendues dans l'air, comme si elles dansaient autour de lui. Puis elles s'échappent au-dessus du lac. On a l'impression que jamais elles ne vont s'arrêter de voler.

On reste un peu, on écoute et on repart avec une étrange envie de lointain, un désir de partir à l'autre bout du monde en laissant tout derrière soi.

Quand les deux officiers à vélo s'approchent par le petit chemin qui longe le lac, le vieux est toujours sur son banc, et les notes de musique continuent de voler tout autour de lui.

À une cinquantaine de mètres du banc, le plus jeune des deux officiers pose un pied à terre et son collègue n'a d'autre choix que de l'imiter.

« Pourquoi tu t'arrêtes ? T'en peux plus ? Allez, un dernier effort !

– Non, écoute !

– Quoi ? T'as jamais entendu un négro souffler dans un bout de ferraille ? Allez, on rentre au poste ! C'est l'heure.

– Mais tu l'entends pas, cette musique ?

– Moi, ce que j'entends, c'est la porte de mon casier qui claque parce que j'ai fini mon service. Si t'as envie de traîner, libre à toi. »

Le jeune officier ne retient pas son collègue. Il descend de son vélo et s'approche tranquillement du banc sur lequel est assis le vieil homme. Il pose sa bicyclette contre un arbre, à quelques mètres du banc et reste debout, là, à écouter le chant du saxophone.

Quand le vieux s'arrête de jouer, qu'il range son instrument et sort son petit cahier, il s'approche et vient s'asseoir à côté de lui.

« Je savais bien qu'on allait se revoir ! sourit le vieux. Mais je n'ai pas beaucoup de temps aujourd'hui, je vous préviens, il faut que j'avance ! Et ma main a de plus en plus de mal à suivre ma tête...

– Je peux vous demander qui vous êtes ? » ose le jeune officier, que la question taraude depuis des jours.

Le vieil homme se renfrogne et se met à tousser. Le jeune officier réalise à ce moment-là à quel point l'homme assis à côté de lui a l'air vieux.

« Et si c'était moi qui posais les questions aujourd'hui ? répond le vieux après s'être éclairci la voix. Un musicien qui ne joue d'aucun instrument a forcément une histoire à raconter... »

Le jeune homme plonge son regard dans les eaux du lac.

« Je vous ai dit que j'avais pas trop le temps », le presse le vieux.

Le jeune homme fronce les sourcils. Les souvenirs se bousculent, les images défilent. Si lui aussi sortait un petit cahier, quelle histoire écrirait-il ?

« Quand j'étais petit, finit-il par répondre, j'ai tanné mes parents pour qu'ils m'inscrivent à l'école de l'autre côté de la rue. Ils avaient une fanfare et moi, je rêvais de souffler dans quelque chose. Une trompette ou un saxophone, je ne savais pas trop...

– Et ?

– Disons que mes parents avaient leurs idées... Comme beaucoup de gens de notre côté de la rue.

– Ah, c'est souvent comme ça avec les parents, ils ont leurs idées ! »

Les regards se perdent au loin quelques instants.

« Et ce tour de magie, il est au point ? »

Le jeune homme se pose une main sur le ventre et se concentre sur sa respiration. Le vieux l'observe avec attention, comme un maître qui met son élève à l'épreuve.

« On dirait que vous avez fait vos devoirs. Un vrai magicien ! »

Le jeune homme sourit comme un enfant. Il ne sait pas exactement pourquoi, mais il est très fier de lui.

« Vous savez, je n'ai jamais appris à jouer d'un instrument, mais dès que j'ai été assez grand pour livrer des journaux dans le quartier, avec l'argent que je gagnais, j'allais m'acheter des disques chez le vieux Johnson, un disquaire qui avait tout un tas de vieux vinyles de jazz. Il les vendait pour trois fois rien... Chaque samedi après-midi, après avoir reçu ma paie, je fonçais chez lui et je revenais à la maison avec deux ou trois albums... »

Le jeune officier, si timide quelques instants auparavant, se laisse aller à présent.

« Je me souviens du jour où j'ai ramené mon premier disque de Duke Ellington. Et le *Blue Train* de John Coltrane...

– Et maintenant, vous choisiriez quoi ? La trompette ou le saxophone ? » le coupe le vieux.

Le jeune officier plonge une nouvelle fois son regard dans les eaux du lac.

« Alors ? Trompette ou saxophone ? insiste le vieux.

– Mais j'en sais rien, s'énerve presque le jeune homme. Et puis j'ai passé l'âge, maintenant. J'suis trop...

– Vieux ? Vous m'avez bien regardé ? »

Le jeune homme tourne la tête vers son interlocuteur.

« Oui, mais vous, vous avez commencé quand vous étiez petit, non ?

– Je n'ai pas commencé si petit que ça, non. Vous avez quel âge, si ce n'est pas indiscret ?

– J'aurai vingt-cinq ans dans quelques jours.

– Ah, excusez-moi, je n'avais pas réalisé. Je suis désolé. Vous avez raison, pour vous, c'est fini. »

Le vieux se met une main sur la bouche pour retenir son rire. Qui finit par se transformer en une toux incontrôlable.

Le jeune homme sait que c'est idiot, mais il ne peut s'empêcher d'être vexé.

« Faites pas cette tête, je vous taquine, c'est tout ! » s'excuse le vieux en essayant de ne pas mourir asphyxié.

Les deux hommes restent assis en silence un moment, leurs regards absorbés par l'horizon.

Le jeune homme finit par se relever.

Le vieux reprend son cahier.

« L'âme n'a ni âge ni couleur, vous savez. Et pour faire chanter un instrument, une âme, c'est tout ce dont on a besoin… »

Le jeune homme ne sait trop quoi répondre. Il se demande pourquoi il s'est confié ainsi. Cela ne lui ressemble pas. Il salue le vieux qui s'est déjà remis à griffonner et va récupérer son vélo.

« Et parfois, ce n'est pas le musicien qui choisit son instrument, c'est lui qui vous choisit. C'est ainsi. Un bon professeur, ça, c'est le plus important. Mais on doit bien en trouver par ici. Moi, c'est vrai que j'ai eu le meilleur », marmonne le vieux en relevant la tête.

Mais le jeune homme est déjà parti.

Partie 3

Harlem, vue de l'intérieur

Chapitre 11

Chez Charlie

L'appartement de Charlie était encore plus petit que celui dans lequel je vivais avec ma mère. Lui, il n'avait qu'une cuisine, à peine plus grande que la nôtre. Comme chez nous, c'était une pièce qui avait fait partie d'un ensemble plus vaste mais qui avait été divisé quand Harlem avait été envahi par les Noirs. Les beaux appartements des précédents locataires avaient été transformés en cages à lapins. Il fallait bien satisfaire la demande et les Noirs n'avaient bien entendu pas besoin de tant de confort.

« Des haricots rouges, c'est parti ! »

Charlie a attrapé une boîte de conserve. Il l'a ouverte et en a versé le contenu dans la casserole qui était déjà sur le feu.

« Tu viens d'où, toi, Charlie ?

– Moi, je suis un pur produit new-yorkais, p'tit ! Je n'ai même jamais mis un pied ailleurs que dans cette usine à gaz. J'ai toujours vécu à Harlem. Mes parents étaient domestiques pour une riche famille qui s'était installée ici, quand le quartier attirait encore la petite bourgeoisie de Manhattan. »

Charlie versa le contenu de la casserole dans deux assiettes et vint s'asseoir à table.

« Bon appétit, Sonny ! »

On a soufflé un peu sur nos assiettes fumantes et on a mangé.

« Alors, dis-moi, qu'est-ce qui t'a mis dans un tel état ce matin ? Pourquoi t'avais pas envie de rentrer chez toi ? »

J'ai commencé à promener mon regard sur l'étagère près de la fenêtre.

« C'est toi, le jeune officier sur la photo ? dis-je en guise de réponse.

– C'est mon fils.

– Il est où, ton fils ?

– En France.

– En France ? »

J'ai tout de suite pensé aux voyages de Phileas Fogg.

« T'es déjà allé le voir ? »

Charlie s'est levé et s'est approché de la fenêtre. Il a mis du temps avant de répondre.

« J'ai voulu y aller, oui. Mais j'ai pas eu le courage. »

J'ai attrapé nos assiettes vides et je suis allé les laver dans l'évier.

« Leroy est parti en France en 1917. Je me souviens encore de son sourire quand il m'a dit au revoir en m'assurant qu'il ne fallait pas que je m'inquiète. Les Noirs n'étaient pas censés se battre, en Europe. Pour une fois que la ségrégation pouvait servir à quelque chose. C'était un brave garçon, Leroy. Il repose en paix quelque part près de Verdun, la ville où il est tombé. »

Je me suis senti tout piteux tout à coup. J'avais parfois autant de jugeote et de finesse qu'une paire de souliers troués.

Charlie s'est approché et m'a tapé sur l'épaule.

« T'es prêt pour ta leçon du jour ? »

Je me suis séché les mains et j'ai sorti quelques billets de ma poche que j'ai posés sur la table.

« Qu'est-ce que c'est que ça ? Remets ça tout de suite dans tes poches, Sonny ! Qu'est-ce que tu crois ? J'ai un boulot, tu sais. »

Charlie travaillait dans un hôtel sur la 5e Avenue. Il tenait la réception la nuit.

« Et je veux même pas savoir d'où tu sors tous ces billets verts. Enfin, sauf si tu veux m'en parler… »

Je n'ai rien dit. C'était mieux que de mentir.

« Tu sais, ta mère est déjà venue me voir. Mais si je te donne des leçons, c'est pas pour arrondir mes fins de mois, c'est parce que t'es sacrément doué. Ça serait dommage de gâcher un talent comme le tien. »

C'était la première fois que Charlie me faisait un tel compliment.

« Prends pas la grosse tête, hein ! Et si tu veux me faire plaisir, un jour, tu n'auras qu'à m'emmener chez toi, à La Nouvelle-Orléans. J'ai toujours rêvé d'y aller pour voir les parades de Mardi gras. »

Mardi gras à La Nouvelle-Orléans. Je n'en avais aucun souvenir mais ma mère m'en avait beaucoup parlé. Depuis que Joseph m'avait raconté la mort de mon père, ma mère me parlait de lui parfois, le soir. Mardi gras, c'était sa fête préférée. Tout le monde sortait et tous les musiciens se rassemblaient pour faire le tour de la ville. La musique inondait les rues. Il y avait aussi les Indiens avec leurs plumes aux mille couleurs.

« Marché conclu !

– De mon côté, si ta mère est d'accord, je vais t'emmener faire un petit voyage à ma façon. Il est temps que tu découvres ce qui se fait en ce moment sur les scènes de Harlem ! Les saxophones et les trompettes y explosent toutes les nuits, jusqu'au petit matin. Je ne travaille pas le vendredi, alors un de ces quatre, je t'emmènerai en sortie pédagogique. Qu'est-ce que t'en dis ? »

Voir des musiciens sur scène, ça faisait un moment que j'en avais envie. Mais contrairement à Charlie, je n'étais pas sûr du tout que ma mère me laisse sortir le soir.

La conversation que je venais d'avoir avec Charlie m'avait presque fait oublier l'incident du matin. Mais ce dernier m'a vite rattrapé. En descendant les escaliers pour aller chercher mon saxophone, avant de monter sur le toit, des frissons se sont glissés sous mes manches pour aller danser dans mon dos et me faire tanguer.

Qu'est-ce qui allait se passer si je croisais à nouveau ces deux hommes qui portaient des revolvers à la ceinture ? Je me suis arrêté entre le cinquième et le quatrième étage et j'ai essayé de respirer profondément. Avec mon ventre. Pendant plusieurs minutes, j'ai essayé d'évacuer la tension qui parcourait mon corps.

Quand j'ai ouvert la porte de notre appartement, ma mère était penchée au-dessus de l'évier et Tulsa, en petite tenue, se tenait à côté d'elle.

« Qu'est-ce qui se passe ? »

Tulsa s'est cachée derrière ma mère et a attrapé sa robe qui était posée sur la table. Ma mère a été prise de convulsions et a craché tout rouge dans l'évier.

« Ma, qu'est-ce qui se passe ? »

Les convulsions empêchaient ma mère de parler. Je me suis approché d'elle et je lui ai passé le bras autour de la taille, pour la soutenir. Puis je suis allé près du buffet et j'ai cherché les pilules qui l'avaient aidée à se calmer, quelques semaines plus tôt. Je lui en ai tendu deux et j'ai rempli un verre d'eau. Vingt minutes plus tard, elle était étendue dans mon lit. Sans avoir pu me dire plus de quelques mots.

C'est Tulsa qui m'a expliqué ce qui venait de se passer.

« J'ai déchiré ma robe à l'école, a-t-elle commencé par me confier, penaude. Je suis rentrée parce que je ne pouvais pas rester comme ça, au milieu des autres. »

Elle parlait la tête rentrée dans les épaules et elle regardait par terre. Je ne l'avais jamais vue aussi gênée.

« J'ai croisé ta maman sur le palier. Je crois que quand elle m'a entendue, elle a ouvert la porte en pensant que c'était toi qui rentrais. »

Elle m'a interrogé du regard à ce moment-là. Après quelques secondes de silence, elle a repris son récit.

« Elle a proposé de recoudre ma robe. Alors je suis entrée. J'ai enlevé ma robe et ta maman a commencé à coudre. Elle a toussé. De plus en plus fort... »

Tulsa a commencé à pleurer. J'ai rapproché ma chaise de la sienne et j'ai passé mon bras autour de ses petites épaules.

« T'inquiète pas, Nina. Ça va aller. »

Elle sanglotait dans sa robe déchirée.

« Elle va se reposer. Et toi, tu devrais aller voir Félicia. Elle va te la réparer, ta robe. Elle sera encore plus belle qu'avant, tu vas voir. »

On est restés un moment comme ça. Ma mère respirait assez fort mais elle s'était endormie.

« Choisis trois chiffres, Nina !

– Quoi ?

– Choisis trois chiffres ! Au hasard ! »

Elle a réfléchi un moment et m'a donné trois chiffres.

« Ils vont te servir à quoi, ces chiffres ?

– Si tu as de la chance, à t'offrir la plus belle robe que t'as jamais vue, allez viens ! »

Je suis allé embrasser ma mère puis j'ai accompagné Tulsa chez ma tante. On avait besoin de ses talents de couturière et il fallait que quelqu'un veille sur ma mère le temps que j'aille chercher le docteur Wilson. Et ça, je l'ai gardé pour moi, que je mette la main sur Sam pour lui rendre ma fiche de paris finalement complétée.

« Vas-y, dépêche-toi, Sonny ! » m'a tout de suite ordonné Félicia.

Elle a attrapé quelques bobines et sa boîte à aiguilles et, suivie de Tulsa, elle s'est précipitée chez nous.

Quand je suis sorti de l'immeuble, depuis le trottoir, j'ai entendu Charlie et son saxophone qui étaient déjà sur le toit. Je n'avais même pas pris le temps d'aller le prévenir. Puis j'ai senti les frissons se remettre à danser dans mon dos et j'ai subitement repensé à *Deux ans de vacances*, le livre de Jules Verne que je n'avais toujours pas fini. Je me suis dirigé vers Lenox Avenue en rasant les murs.

Les rues de Harlem n'avaient bien sûr rien à voir avec l'île Chairman sur laquelle évoluaient Briant, Doniphan et les autres naufragés du *Sloughi*. Mais depuis qu'une bande de vauriens, adultes de surcroît, avait fait naufrage à son tour, chaque enfant de la troupe savait qu'au détour d'un bosquet, il pouvait faire une très mauvaise rencontre. Une rencontre mortelle.

J'ai enfoncé ma tête dans mes épaules et j'ai plongé mon regard dans le bitume.

*

Ce soir-là – j'avais finalement survécu –, Tulsa et moi avons dîné tous les deux. Une fois de plus, ses parents semblaient avoir oublié que s'ils avaient perdu un fils, il leur restait une petite fille.

Le docteur Wilson avait assommé ma mère de médicaments. On a gardé un œil sur elle tout en se régalant d'un plat de poulet et de maïs que Félicia nous avait préparé.

« Tu me lis une lettre de ton papa ? m'a demandé Tulsa à la fin du repas. Allez ! »

J'ai hésité quelques secondes puis je suis allé en chercher une sur mon bureau. C'était dur de résister à Tulsa. Elle avait une façon bien à elle de tordre sa bouche et de faire tomber ses yeux.

Ma mère, couchée dans mon lit, dormait profondément.

Les lettres que je lisais avec Tulsa depuis quelque temps, c'était des lettres que mon père nous avait envoyées depuis la France, pendant la guerre. Ma mère me les avait confiées quelques jours après mon anniversaire.

Dans ses lettres, mon père évoquait ses rencontres avec les Français qui adoraient les chewing-gums à la menthe et le son de son saxophone. Il parlait souvent d'un certain Jeannot et de son accordéon avec qui il avait rapidement sympathisé, malgré la barrière de la langue. La musique en France était très différente de la nôtre, mais le mariage des deux semblait fonctionner à merveille. Ce Jeannot avait surnommé mon père « Francis, l'Américain ».

Mon père parlait de sa frustration de rester cantonné à des tâches d'intendance. La plupart des soldats noirs n'avaient en effet jamais eu le droit d'aller au front, d'aller se battre sous les couleurs de leur nation. Ils restaient dans les bases américaines, loin des combats, et s'occupaient du linge et des repas et de toutes ces tâches que l'on confie aux domestiques. Ma mère ne m'en a jamais parlé, mais je pense qu'à chaque lettre qu'elle recevait, elle devait prier pour que la situation ne change pas. Le 369e régiment, celui du fils de Charlie, avait été une exception. Celle des poilus de Harlem.

Mon père finissait toujours ses lettres par des mots d'amour pour ma mère et moi. C'était les passages préférés de Tulsa.

« Il est tellement romantique, ton papa ! Comme les princes charmants dans les histoires. C'est vrai qu'en France, les femmes portent les plus belles robes du monde ? »

Comme je ne lui répondais pas, Tulsa s'est tournée vers moi. J'avais les yeux pleins de larmes et les lèvres qui tremblaient. Elle s'est alors blottie contre moi et a serré ma main très fort.

« Tu sais, m'a-t-elle confié après un moment, tant qu'on les garde au chaud dans notre cœur, les gens ne sont jamais morts pour de vrai. »

Chapitre 12

Edgecombe Avenue, Sugar Hill

« Ma, j'y vais. »

Ma mère s'est redressée. Je me suis approché d'elle pour l'embrasser mais elle m'a fait un geste pour ne pas que je vienne trop près. Le médecin nous avait mis en garde la veille, il avait peur que son infection ne soit contagieuse.

Je me suis approché quand même et je l'ai prise dans mes bras.

« Repose-toi bien, d'accord ?

– Ne t'inquiète pas, Sonny. Je ne bouge pas d'ici, m'a-t-elle répondu en souriant. Et toi, où vas-tu aujourd'hui ?

– Je vais faire ma tournée, comme hier. »

J'ai boutonné ma veste.

« Tu reviens à midi pour manger ? »

Elle a commencé à tousser un peu.

« Oui, oui. Je serai là. Tu veux un verre d'eau ?

– Je veux bien. »

Quand j'ai mis le pied dehors, je ne pensais plus à rien. Ni à ma mère malade que je venais de laisser dans notre appartement, ni à Charlie à qui je n'avais pas encore eu l'occasion d'expliquer pourquoi je ne l'avais pas rejoint sur le toit la veille. Je ne pensais plus qu'aux deux types qui avaient pris un bain tout habillés dans une fontaine de Central Park. À cause de moi.

J'étais parti en courant sans rien voir de ce qui s'était passé ensuite, mais je n'arrêtais pas de l'imaginer. Ils s'étaient relevés et avaient probablement dû aller se changer. Ils étaient rentrés chez eux, en pleine journée, en mourant de froid dans leurs habits trempés. Ils avaient dû me maudire et se promettre cent fois de me donner une bonne leçon la prochaine fois que je viendrais à croiser leur chemin. Une bonne leçon, c'est-à-dire un bain dans l'Hudson River. Sûrement avec une balle ou deux dans le buffet. J'ai enfoncé ma tête un peu plus fort dans mon béret.

En arrivant sur Lenox, j'ai sorti ma fiche de paris et j'ai essayé de penser à autre chose. On ne vend pas du rêve avec une tête de condamné.

La veille, quand j'avais finalement mis la main sur Sam, je ne lui avais parlé de rien. Je lui avais donné ma fiche et les soixante-quinze dollars qui allaient avec. Il avait fait les comptes, m'avait donné ma part de la recette et une nouvelle fiche, vierge, pour le lendemain. En constatant que je n'avais pas la tête des grands jours, il m'avait demandé si tout allait bien, et je lui avais parlé de ma mère.

Je n'étais pas sûr d'avoir choisi la meilleure option, mais j'avais trop peur de perdre mon boulot pour lui avouer ce qui s'était passé.

Je marchais depuis presque une heure et j'avais déjà rempli la moitié de ma fiche. Les parieurs du jour étaient particulièrement téméraires. L'un d'entre eux était allé jusqu'à parier cent dollars sur ses trois numéros fétiches. Cent dollars, c'était une sacrée somme !

Je marchais d'un bon pas et je restais sur mes gardes. Je commençais à avoir mal au cou à force de tourner la tête dans tous les sens. J'arrivais devant le cinéma quand la voiture s'est arrêtée un peu trop brusquement à ma hauteur.

C'était une Ford T noire.

En quelques secondes, mes jambes se sont transformées en bâtons de réglisse.

Le reste de mon corps, lui, est devenu aussi lourd que du plomb. J'étais persuadé que la voiture s'arrêtait pour moi. J'étais cuit, et comme un imbécile, j'ai fermé les yeux et j'ai prié. Le moteur s'est arrêté. J'ai entendu une portière claquer. Puis une deuxième. J'ai ouvert les yeux pour découvrir les deux hommes qui se dirigeaient vers moi. Ils avaient des sales têtes, pas de doute là-dessus, mais elles étaient noires.

« Montre-moi ce que tu tiens dans la main, gamin », m'a dit l'un des deux en m'attrapant le bras.

J'ai essayé de résister.

« On a affaire à un dur à ce que je vois. »

L'homme m'a tordu le bras en rigolant et j'ai fini par lâcher ma fiche de paris. Son acolyte l'a ramassée et a commencé à la parcourir en faisant glisser son doigt dessus.

« Cent dollars ! On dirait que c'est ton jour de chance aujourd'hui, dis-moi. Allez, tu vas venir avec nous faire un petit tour. La p'tite reine veut te voir. »

Fermement tenu par le bras, je suis entré pour la première fois dans une voiture.

La reine voulait me voir. Qu'est-ce que cela voulait dire ? Assis à côté d'un colosse, à l'arrière d'une voiture remontant Lenox Avenue, j'ai senti ma cervelle chauffer comme jamais, tellement les questions se bousculaient à l'intérieur.

Tout d'abord, comment connaissait-elle mon existence ? Je n'étais qu'un gamin, tout en bas de l'échelle. Un simple collecteur de paris. D'après ce que j'avais compris, on était un sacré paquet. Je dépendais de Sam qui était un banquier, mais il dépendait lui-même d'un autre banquier, un peu plus haut placé. C'était ce dernier qui rendait des comptes. Comment la patronne avait-elle entendu parler de moi ? Et que me voulait-elle ?

Je n'avais jamais essayé de truander ou de taper dans le magot des paris que je collectais. Je n'ignorais pas le caractère illégal de mon activité mais cela ne m'empêchait pas de garder un certain sens de l'honnêteté. Dans ma tête, je travaillais pour Sam et il n'était pas concevable de trahir sa confiance.

Les deux hommes avec qui je voyageais ne décrochaient pas un mot. C'était insupportable. Est-ce qu'ils allaient me régler mon compte, un peu plus tard ?

Quand j'ai reporté mon attention sur la rue, je me suis rendu compte que nous étions presque à la limite du quartier que je connaissais.

« T'arrives dans les beaux quartiers, gamin, alors t'as intérêt à parler correctement. Et je ne sais pas si tu t'en rends compte, mais c'est pas n'importe qui que tu vas rencontrer ! Alors, t'as intérêt à te tenir tranquille ! Et peut-être que tu repartiras en un seul morceau... »

Les deux types ont rigolé comme des bossus.

Depuis que je travaillais pour Sam, j'avais eu plusieurs fois l'occasion d'entendre parler de Madame St-Clair : Queenie, la petite reine de Harlem. Je savais que son trône, elle n'en avait pas hérité. Elle l'avait gagné et la route avait été longue. Une longue route sur laquelle elle avait laissé quelques corps sans vie. Que ce soit dans le business des paris, du trafic d'alcool ou de la prostitution, on n'arrivait pas en haut de l'échelle sans faire couler le sang, de temps en temps.

Autant vous dire que dans cette voiture, j'étais dans mes petits souliers.

Après un moment, le conducteur a pris sur la gauche et on a commencé à longer un parc magnifique. On avait dépassé la 150e Rue. Je n'étais jamais allé si près de la limite nord de Harlem.

La voiture s'est arrêtée devant des maisons cossues qui faisaient face à un parc. Les *brownstones* de Sugar Hill. Le genre de maisons qui affichent tout de suite le niveau de vie des gens qui les habitent.

Mes deux gardes du corps m'ont fait sortir de la voiture et m'ont entraîné à leur suite. On a traversé la rue et remonté l'avenue à pied pendant un bon moment. Je ne savais pas où on allait mais je me suis demandé pourquoi on ne s'était pas garés un peu plus près. J'ai préféré garder ma question pour moi.

Les trottoirs n'étaient pas plus larges que dans le centre de Harlem mais on y circulait bien plus facilement. Il y avait beaucoup moins de monde. Les gens étaient tous bien habillés et personne ne semblait vraiment pressé d'arriver. Tout le monde semblait se promener tranquillement. La vie semblait plus douce. J'avais beau chercher, je n'apercevais aucun clochard. Ni même la moindre personne légèrement débraillée avec un coup dans le nez. La seule personne qui ne semblait pas correspondre aux standards locaux, c'était moi. Les regards en coin qu'on n'arrêtait pas de me lancer étaient on ne peut plus explicites.

Ce Harlem-là n'avait rien à voir avec celui que je connaissais. Si ce n'est la couleur de peau de ses habitants.

Après un quart d'heure de marche, nous nous sommes retrouvés à l'intérieur d'un grand immeuble dont le hall d'entrée était au moins trois fois plus grand que notre appartement. Il y avait des tapis au sol. De très beaux tapis. Partout. Et il faisait chaud. Il y avait des miroirs aussi. Et de la lumière. Beaucoup de lumière.

On s'est postés devant une porte vitrée protégée par une grille et un des deux hommes a appuyé sur un bouton. Des bruits de machine ont commencé à envahir la pièce et quelques secondes plus tard, une énorme boîte est venue se poser de l'autre côté de la porte.

Après mon premier voyage en voiture, je découvrais l'ascenseur.

« Je reviens », a dit l'un des deux types avant de frapper à la porte d'un appartement.

Il est entré et l'autre est resté à côté de moi, sans m'adresser la parole une seule fois.

À ce moment-là, je n'étais plus en état de réfléchir. Ma respiration abdominale ne détendait plus rien. J'ai pensé à ma mère à qui je n'avais même pas dit adieu. Quand la porte s'est ouverte à nouveau, j'étais pétrifié.

« Allez, viens par là, p'tit malin ! »

Je suis entré et l'homme m'a conduit jusqu'à un salon. Elle était là. Madame St-Clair. La petite reine de Harlem. Près d'une grande fenêtre, assise dans un fauteuil où on aurait pu tenir à trois.

« Laisse-nous, s'il te plaît. »

L'homme est ressorti et un silence de mort s'est installé. Madame St-Clair, si c'était bien elle, s'est levée et s'est approchée de moi. Elle était d'une grande élégance. Ses habits étaient faits de belles étoffes et semblaient neufs. Grâce à ma tante Félicia, je m'y connaissais un peu.

Elle s'est arrêtée devant moi et a posé ses mains sur ses hanches. Elle n'était pas très grande mais elle devait bien faire une tête de plus que moi. Elle sentait bon. Une odeur de fleurs, je crois.

« Alors c'est toi qui tournes en bourrique les hommes de Dutch Schultz ? »

Elle avait l'air amusée.

J'ai tout de suite noté son accent. L'anglais n'était pas sa langue maternelle. Sa voix rocailleuse et sa façon de parler n'étaient pas en accord avec l'élégance de son apparence.

« Dutch Schultz ?

– Oui, Dutch Schultz ! Le baron du *moonshine* !

– Le *moonshine* ?

– Dis donc, gamin, t'es bouché ou quoi ?

Elle s'est renfrognée un peu.

« Je m'attendais à rencontrer une flèche. Pas un de ces clampins qui ont besoin de leurs dix doigts pour additionner deux billets de cinq dollars. Le *moonshine*, c'est l'alcool clandestin qui inonde les bars et les clubs de Harlem. Mais j'imagine qu'à ton âge, on boit encore du p'tit lait, pas vrai ? Enfin, j'espère...

– Oui », j'ai répondu.

Quel idiot !

« Allez, détends-toi un peu. Si j'ai voulu te rencontrer, c'est pas pour te faire peur. L'histoire qu'on m'a racontée m'a fait marrer et c'est pas tous les jours qu'un de mes collecteurs tient tête à la concurrence. Parce que depuis que ce salopard de Dutch Schultz s'est mis en tête de marcher sur mes plates-bandes, je n'entends parler que de bras cassés qui mouillent le fond de leur pantalon à la moindre intimidation. Alors tu vas t'asseoir et me raconter un peu comment un gosse comme toi se retrouve au milieu de tout ça ! »

On s'est installés sur un canapé, près de la grande fenêtre. Elle m'a proposé une tasse de thé que j'ai acceptée et, je ne sais pas vraiment pourquoi, je lui ai raconté ma vie. Cette femme, elle dégageait quelque chose de spécial. Elle parlait avec une telle sincérité. Elle était directe et je crois que du coup, je me suis senti à l'aise. Il y a des gens comme ça. Des gens qui parlent avec une telle franchise qu'on ne peut que leur répondre à cœur ouvert.

Je lui ai parlé de ma mère, de son travail à l'usine et de son état de santé. Je lui ai parlé de Joseph et de ma tante. J'ai évoqué Sam sans donner son nom car j'avais peur que quelque chose lui retombe dessus. J'ai même parlé de mon père et de La Nouvelle-Orléans. Pour finir, je lui ai raconté l'épisode de Central Park.

« Tu peux pas savoir ce que je donnerais pour avoir été là. »

Elle riait. J'étais presque détendu. Du moins, je savais que j'allais repartir dans l'état dans lequel j'étais arrivé. À son tour, elle m'a raconté quelques bribes de sa vie.

Elle était née à la Martinique, une petite île des Antilles françaises. Après un court séjour en France, du côté de Marseille, elle était arrivée à New York, presque par erreur, et avait commencé son ascension sociale.

« Je ne sais pas si tu t'en rends compte, mais la rue, c'est la jungle. »

Elle a poursuivi son récit qui a confirmé les histoires que j'avais entendues. Mais elle ne cherchait pas à m'impressionner ni à se faire mousser. Elle voulait plutôt me mettre en garde.

« Ta maman a l'air d'être un sacré bout de femme pour élever toute seule un gosse comme toi. J'ai pas envie de lui causer du malheur. »

Elle s'est levée et est sortie de la pièce. Moi, je n'ai pas bougé. Elle a réapparu quelques minutes plus tard et est revenue s'asseoir à côté de moi.

« Tiens ! m'a-t-elle dit en me déposant une liasse de billets au creux de la main. Il y a cinq cents dollars. Prends des vacances ! »

J'ai froncé les sourcils. Je voulais continuer à travailler pour elle, moi.

« Écoute-moi bien, petit. T'es un brave gosse. Mais si les hommes de Dutch Schultz te mettent la main dessus, je ne donne pas cher de ta peau. Tu es courageux mais t'as eu de la chance. T'es qu'un gamin ! Et comme tu l'as dit tout à l'heure, on parle de gangsters avec des pétards dans le froc. C'est pas les plus malins et c'est pour ça qu'il faut s'en méfier. Pense un peu à ta mère ! »

J'ai refermé mes doigts sur le tas de billets. Je n'avais jamais vu autant d'argent.

« Tu sais, un jour, à la Martinique, une vieille sorcière m'a dit que moi, Stéphanie St-Clair, j'avais un destin. Elle l'avait soi-disant vu dans mes yeux. Ces histoires-là, je n'y ai jamais trop cru, mais peu importe. Ça m'a plu. Je savais depuis longtemps que je n'avais pas envie de me laisser dicter ce que j'avais à faire. Par personne. Quand je te regarde, toi, je sais que tu n'es pas n'importe qui. »

Elle a saisi mon menton et m'a relevé la tête pour que je la regarde dans les yeux.

« Mais avant de devenir quelqu'un, il faut penser à rester vivant. Tu es encore si jeune, tu as le temps. Alors tu vas prendre cet argent, et pendant quelque temps, tu vas rester chez toi, bien tranquille. Et l'histoire passera. Si tu as de la chance, les deux types de la fontaine, quelqu'un leur réglera leur compte avant que ta barbe ne commence à pousser... »

Elle a éclaté de rire.

« Dans quelque temps, tu reviendras me voir et on discutera. Tu sais, il n'y a pas que dans la rue qu'on peut s'en sortir. Les plus malins, ils ne risquent pas leur peau ! »

Je l'ai remerciée et, quelques minutes plus tard, je sortais de l'immeuble avec mes deux gardes du corps.

Le trajet du retour a été beaucoup plus agréable.

*

Cinq cents dollars, c'était dix mois de loyer. Même en comptant les autres frais comme la nourriture et les diverses factures, on avait le temps de voir venir. Quand j'avais hésité à accepter, Madame St-Clair m'avait toisé en rigolant. Puis elle m'avait expliqué le bolito. Et j'ai compris que, pour elle, cinq cents dollars, c'était un pourboire.

Le bolito n'était pas une arnaque. Enfin, pas comme on pourrait l'imaginer. Cette combinaison à trois chiffres, il y avait tellement de gens qui pariaient dessus qu'à la fin d'une journée, la somme récoltée par tous les collecteurs représentait énormément d'argent. Même si chaque parieur chanceux récoltait le fruit de son pari, il restait encore beaucoup de dollars dans la caisse à la fin de la journée. Et comment étaient tirés les numéros ? La Bourse s'en chargeait, le New York Stock Exchange. La combinaison gagnante était la valeur de l'indice Dow Jones à la clôture de Wall Street. C'était un peu ironique mais, même à Harlem, la Bourse pouvait changer la vie !

Par contre, cinq cents dollars, ce n'était pas la peine d'essayer de faire croire que ce n'était qu'un généreux pourboire. Ma mère ne m'aurait jamais cru.

*

« Tu veux encore un peu de riz, Sonny ?

– Non merci, Ma, j'ai déjà le ventre qui va exploser.

– À quoi tu penses ? Tu rêvasses depuis que t'es rentré. »

Queenie ! La petite reine de Harlem. Quelle dame !

« Je crois que je vais retourner un peu à l'école. Le matin en tout cas. Monsieur Jenkins m'a proposé de lui donner un coup de main, comme je suis grand… Ma tournée de livreur, maintenant, je la connais par cœur, je la fais rapidement. Je crois que je peux faire les deux… »

Je n'avais pas envie de recroiser les deux affreux de Central Park mais je ne pouvais pas rester à me cacher dans ma chambre. Rester à la maison, cela voulait dire que je n'avais plus de travail et donc plus de salaire ni de pourboires. Ma mère allait vouloir retrouver un emploi. Et c'était hors de question !

« C'est une bonne nouvelle. C'est bien de… »

Je suis vite allé remplir le verre de ma mère au robinet.

« Merci, Sonny. »

Elle l'a bu d'une traite et a pris quelques profondes inspirations. La toux s'est calmée.

« Et dis-moi, j'ai vu que tu avais fini ton livre. Alors ? Qu'est-ce que tu en as pensé ? »

J'avais effectivement tourné la dernière page de *Deux ans de vacances* la veille au soir.

« Pourquoi tu ne dis rien ?

– Bah… J'ai aimé l'histoire. C'est juste que… il y a un personnage, je t'en ai déjà parlé, Moko, il est noir.

– Tu as un problème avec les Noirs, maintenant. Tu sais, je ne te l'ai jamais vraiment dit mais… toi aussi, tu es noir ! »

Ma mère a commencé à rigoler. D'abord avec un petit rire étouffé. Puis son rire est devenu plus franc, de plus en plus fort. Elle a fini par se mettre à pleurer tellement elle rigolait. Rapidement, je n'ai pas pu me contrôler moi non plus.

« Pourquoi tu ne me l'as jamais dit, Ma ? Hein ? Pourquoi tu me l'as jamais dit ? »

Ma a manqué s'étouffer plusieurs fois mais on a continué à se marrer. Je ne le savais pas encore, mais c'était la dernière fois que je voyais ma mère rire aux éclats.

Quand on est enfin parvenus à se calmer, je suis allé chercher mon livre pour retrouver un passage qui m'avait particulièrement questionné.

« Tiens, écoute. »

J'ai lu à ma mère le passage où Jules Verne explique que, Moko étant noir, il ne participe pas à l'élection du chef de la petite colonie.

« C'est injuste, je sais, Sonny.

– Oui, c'est injuste mais surtout, personne ne dit rien. Ni Briant ni les autres. Pourtant, ils reconnaissent tous les grandes qualités de Moko. Il leur fait tous les jours à manger, il sait manœuvrer un bateau. Et il s'occupe aussi souvent des plus petits. Mais quand il est temps d'élire un nouveau chef, personne ne prend la parole pour proposer de donner à Moko le droit de participer au vote... Même lui, il a l'air de trouver ça normal... »

Ma mère m'a répondu que cette injustice, convenue et naturelle, correspondait à notre histoire.

« Tu aurais préféré qu'on te fasse croire que Moko était l'égal des Blancs ?

– Je ne sais pas... je pensais que comme ils l'aimaient tous bien, et après tout ce temps passé ensemble sur cette île... ils le considéraient comme un des leurs...

– Mais ça n'aurait pas reflété la réalité, Sonny. »

On a continué à discuter un moment de la vie en noir et blanc. Sans évoquer la mort de mon père. Ma mère m'en parlait souvent à présent, de mon père, mais la façon dont il était mort, on n'en parlait jamais. Puis elle a voulu mêler le Seigneur à toute l'affaire. Les Noirs, les Blancs, et le Seigneur et son jugement divin ! Je n'ai pas mis longtemps avant de m'échapper sur le toit avec mon saxophone. Ces histoires de Seigneur, j'en avais assez entendu pour toute une vie.

En arrivant sur le toit, j'ai posé mon saxophone à côté de la grande cheminée et je suis allé passer la tête au-dessus du vide. J'ai observé la rue pendant quelques minutes, puis je me suis demandé si, d'en bas, on pouvait me reconnaître. C'était ridicule mais ça m'a fait peur. Je suis vite allé sortir mon instrument de son étui pour me l'accrocher autour du cou.

Bientôt, je n'ai plus pensé à rien.

Chapitre 13

Désillusions

Les jours suivants, comme je l'avais annoncé à ma mère, j'ai repris le chemin de l'école. J'étais sur mes gardes dès que je quittais l'immeuble. Chattanooga et Charlotte ne manquaient pas de se moquer de moi.

« Qu'est-ce qui t'arrive, New Orleans ? Ta tête va finir par tomber par terre si tu continues à la faire tourner dans tous les sens comme ça ! »

Contrairement à eux, Tulsa et Brunswick n'étaient pas rassurés de me voir ainsi aux aguets.

Je dois dire que ces heures passées aux côtés de monsieur Jenkins, à le seconder dans sa tâche, j'en garde un merveilleux souvenir. Je me rendais utile et je passais du temps avec les copains. J'avais quatorze ans, je n'étais plus un enfant mais pas encore un adulte. J'étais en train de passer de l'autre côté mais au fond de moi, j'avais encore tout ce qu'il fallait pour me payer une bonne tranche de rigolade avec les sales gosses de l'immeuble.

Cela a duré quelques semaines. Jusqu'à un incident qui allait marquer la fin définitive de ma scolarité.

*

« J'aime pas quand tu dis rien, New Orleans ! Allez, arrête de faire la tête ! » implora Charlotte qui regrettait d'avoir vendu la mèche.

C'était une fin d'après-midi. Charlotte, Tulsa, Jackson, Chattanooga et Brunswick venaient de rentrer de l'école et m'avaient rejoint sur le toit de l'immeuble. Brunswick était prêt pour fêter Halloween. Son œil gauche avait doublé de volume, il ressemblait à un monstre de foire. Charlotte n'avait pas tardé à raconter comment un petit caïd d'une douzaine d'années faisait la loi à l'école depuis quelque temps. C'était lui qui avait déchiré la robe de Tulsa quelques semaines plus tôt et ce jour-là, il avait sérieusement amoché le visage de Brunswick.

Je le connaissais, ce Marvin. Depuis longtemps. Je n'avais jamais eu le moindre problème avec lui. Le petit Brunswick, Lenny, il s'en fichait des coups qu'il avait reçus. Il était fier d'avoir protégé Nina. Ils se débrouillaient très bien sans moi, me disaient-ils.

Moi, je leur en voulais à tous de ne pas m'avoir prévenu, de ne pas m'avoir demandé de l'aide. Et je m'en voulais encore plus de ne pas avoir su comprendre tout seul. Je ne m'étais aperçu de rien.

Chattanooga, qui venait de m'avouer que son déjeuner lui était volé un jour sur deux, regardait au loin sans rien dire.

« Vous voulez que je vous joue un petit air ? »

Je n'avais plus envie de parler.

Le lendemain, on est tous allés à l'école, comme si de rien n'était. J'ai aidé monsieur Jenkins, comme d'habitude, mais en gardant un œil sur Marvin. J'ai distribué des feuilles, supervisé les travaux de quelques élèves puis la matinée a touché à sa fin. Je suis sorti de l'école vers midi, comme tous les jours, pour aller déjeuner avec ma mère. Mais j'ai rapidement décidé de faire demi-tour car je savais que c'était quand je n'étais pas là que les choses tournaient mal. J'ai passé les portes de l'entrée discrètement et j'ai longé le grand couloir qui menait à la cour. Je me suis posté derrière une vitre et j'ai observé ce qui se passait.

Les copains étaient assis en cercle. Ils avalaient leurs sandwichs en attendant la reprise des cours. Marvin et deux de ses camarades déambulaient dans la cour en invectivant les uns et les autres. Je n'entendais pas ce qui se disait mais je voyais bien que personne ne semblait ravi de croiser leur chemin. Puis ils se sont approchés de Charlotte et les autres. Marvin s'est posté derrière Chattanooga et a commencé à lui donner des petits coups de pied dans le dos. Chattanooga ne réagissait pas. Il continuait à manger, tête baissée. Comme s'il ne sentait rien. Marvin s'est ensuite approché de Tulsa. Et il a commencé le même numéro. À ce moment-là, mon sang n'a fait qu'un tour. J'ai ouvert la porte et j'ai traversé la cour.

« Tu veux que j't'aide ? » lui ai-je lancé en lui fonçant dessus.

Il avait deux ans de moins que moi, mais on faisait la même taille.

« Tiens, tu n'es pas rentré chez ta mère, toi ? Tu devrais te dépêcher, elle va s'inquiéter. »

Je ne saurais expliquer ce qui s'est passé dans ma tête à ce moment-là, mais ma colère a pris le dessus sur tout le reste. J'ai attrapé Marvin par le col de sa chemise et je l'ai flanqué par terre. Puis je me suis penché sur lui et j'ai commencé à le rouer de coups. Je n'ai plus pensé à rien et j'ai frappé, frappé et frappé encore. C'était comme si quelqu'un d'autre avait pris possession de mon corps. Je ne savais plus ce que je faisais. Ni contre qui ou quoi ma colère était dirigée. Si monsieur Jenkins ne m'avait pas arrêté, je ne sais pas jusqu'où je serais allé. Quand j'ai ouvert les yeux sur ce que je venais de faire, j'ai eu très peur. Marvin avait le visage en sang. Mes mains étaient rouges et aussi dures que du bois.

« Qu'est-ce qui t'arrive, Sonny ? Tu es devenu fou ? »

Monsieur Jenkins m'a tiré par le bras et m'a ordonné de quitter les lieux. Puis il a relevé Marvin. J'ai reculé jusqu'au couloir et je m'y suis sauvé en courant. J'avais tellement honte.

La personne que je venais d'entrevoir dans le regard de monsieur Jenkins, je ne l'avais pas reconnue. Ce n'était pas moi. Et le regard de Tulsa, ses yeux emplis de terreur, je n'ai jamais pu les oublier.

*

Le soir, alors que j'étais seul sur le toit et qu'il faisait déjà nuit, j'ai senti une présence derrière moi et j'ai arrêté de jouer.

« Charlie ? »

Il était assis contre la cheminée.

« Qu'est-ce qui se passe ?

– Rien. Rien... »

Il avait l'air ailleurs.

« Ça fait un moment que je suis là, tu sais. T'étais tellement dans ton monde que tu ne t'en es même pas rendu compte. »

Il s'est levé et s'est approché de moi. Il a attrapé mon saxophone et l'a soulevé pour le voir de plus près.

« Je ne sais pas si t'as vendu ton âme au diable ou bien si tu lui as promis de lui écrire un morceau pour son anniversaire, mais la façon dont tu fais sonner ton instrument, Sonny, c'est presque pas humain. Tout à l'heure, je me suis envolé moi aussi... Comme tu dis tout le temps... T'as un sacré talent, tu sais... Un son comme ça... »

Je ne savais pas quoi dire alors je me suis tu.

Depuis ma première leçon, j'avais fait des progrès énormes. Il faut dire que je ne me contentais pas des heures passées sur le toit à souffler dans mon instrument. Je passais aussi mes soirées à répéter mes doigtés, à faire des dictées de notes ou bien à travailler mon solfège rythmique en tapotant sur mon oreiller. En quelques mois, ma technique était devenue précise et maîtrisée.

Quand il était avec moi sur le toit, Charlie m'initiait à l'art de l'improvisation. Il me faisait travailler mes attaques avec rigueur, il me faisait répéter des phrases à différentes intensités. Et il n'oubliait pas d'alimenter ses leçons de points plus théoriques comme l'étude des gammes, de l'harmonie ou encore des transpositions. Je parlais de mieux en mieux la langue du son et mon saxophone était devenu comme un journal intime à qui je soufflais tout ce que je ressentais.

Quand je soufflais dans mon instrument, je lui confiais tout ce qui troublait mon âme, tout ce que je ne pouvais pas formuler avec des mots. Alors, la musique m'enveloppait et je devenais aussi léger qu'une plume que le vent fait tournoyer au gré de ses humeurs. Je retrouvais la légèreté de cette enfance que j'avais crue oubliée pendant si longtemps. Les genoux de mon père et l'odeur de son tabac.

« J'ai parlé à ta maman avant de monter. Demain, si t'es toujours d'accord, je t'emmène écouter un peu de ce fameux jazz dont tout le monde parle. Qu'est-ce que t'en dis ? »

J'avais du mal à y croire. Ça faisait tellement longtemps que j'en avais envie.

Je l'avais si souvent observé depuis ma chambre, derrière ma fenêtre, ce bal du crépuscule. Quand la nuit tombait et que les lumières de la ville s'allumaient, les ombres se mettaient à danser sur les trottoirs de Harlem. Les souris blanches se mêlaient aux souris noires et toutes allaient et venaient avec frénésie. Les vendredis et les samedis soir, cela durait toute la nuit. J'allais enfin découvrir où ils se précipitaient tous avec tant de désir et de hâte.

En rentrant, j'ai embrassé ma mère qui, de son côté, m'a mis mille fois en garde. Elle savait que les rues pouvaient être dangereuses, surtout la nuit. Mais elle avait confiance en Charlie.

« C'est un homme gentil, tu sais.

– Oui, Ma.
– Si tu l'écoutes, tu n'auras pas de soucis.
– Je sais bien, Ma. »

Après le dîner, j'ai installé le matelas dans la cuisine et je me suis couché rapidement. Ma mère, qui dormait désormais dans ma chambre, s'est vite endormie. Les petites pilules dont elle ne pouvait plus se passer sous peine de terribles quintes de toux avaient le mérite d'être efficaces.

Moi, au fond de mon lit, j'étais aussi excité qu'un enfant de cinq ans à qui on vient d'annoncer que, ça y est, il est assez grand pour faire un tour de grande roue.

Cette nuit-là, je n'ai pratiquement pas dormi.

*

Le lendemain soir, j'ai mis ma belle chemise blanche et j'ai attendu Charlie. Joseph et Félicia étaient chez nous, car mon oncle était du voyage.

Quand Charlie a frappé à la porte, j'ai embrassé ma mère et ma tante et, après quelques dernières mises en garde, on a suivi Charlie.

« J'espère qu'on va pouvoir s'en jeter un petit », a dit Joseph à peine dehors.

Heureusement que Félicia ne pouvait plus l'entendre.

« Là où on va, il y a assez d'alcool pour étancher la soif de tout l'immeuble, l'a rassuré Charlie. Suffit de savoir à qui demander. »

Ce premier rendez-vous avec la nuit de Harlem, je l'avais attendu, je l'avais fantasmé, je l'avais rêvé mille fois depuis le fond de mon lit. J'en attendais peut-être trop. Je crois que j'avais imaginé un monde où la musique faisait danser les gens jusqu'au bout de la nuit, jusqu'à leur faire oublier la couleur de leur peau et, surtout, celle des autres. Mais ce soir-là, j'ai compris que la lumière artificielle d'un club ne faisait pas de miracles et que, les lignes de couleur, elle pouvait les rendre encore plus visibles.

Quand le spectacle a commencé, caché dans un coin de la scène, je n'ai pas réussi à me laisser porter par la musique. Sur les planches, c'était pourtant le grand Duke Ellington et son orchestre. Nous étions au Cotton Club, un des clubs les plus mythiques de Harlem. Un club où les Noirs n'avaient pas leur place dans le public. Joseph a descendu les verres sans trop se soucier du reste et quand on est rentrés, je crois que j'étais aussi dépité que lui était ivre. Mais une semaine plus tard, Charlie, qui avait bien vu que j'avais été déçu, m'emmena à nouveau en balade.

Et cette soirée-là, elle allait changer ma vie.

Chapitre 14

Le petit prince de Harlem

Pour cette seconde virée nocturne, nous n'étions plus que deux. Joseph avait été privé de sortie par Félicia qui n'avait que moyennement apprécié l'état dans lequel son homme était rentré la semaine précédente. On était partis depuis une vingtaine de minutes quand Charlie s'est arrêté devant une petite porte noire et a frappé. Nous étions dans la 138e Rue, entre Lenox et la 7e Avenue.

« Où est-ce que tu m'emmènes, Charlie ? Il n'y a rien ici !

– Je t'ai promis une autre ambiance, tu ne vas pas être déçu, Sonny. »

La porte s'est ouverte et, comme la semaine précédente, Charlie était attendu.

« Allez vas-y, entre, mon vieux. Ça fait plaisir de te voir, tu sais ! Ça fait une paie ! »

J'ai suivi Charlie à l'intérieur, un peu médusé. On s'est retrouvés dans un couloir très mal éclairé. Ça sentait l'humidité et le bois pourri. Pour une autre ambiance, c'était réussi ! On a longé ce qui ressemblait à des loges et on a croisé quelques personnes qui ont toutes salué Charlie. Je commençais vraiment à me poser des questions. Au bout du couloir, il y avait des portes battantes qui s'ouvraient sur la suite du couloir. On a continué à s'enfoncer dans l'immeuble puis on s'est retrouvés en haut d'un escalier. On est descendus, toujours dans une semi-obscurité, et on est arrivés devant une énorme porte.

La salle n'était pas très grande. Il y avait des gens assis, d'autres debout, des femmes, des hommes, des Noirs, des

Blancs, des chemises rouges, noires, des robes jaunes, des jupes vertes ou mauves. Des gens bien habillés, d'autres moins. Une vraie salade de fruits ! L'énorme nuage de fumée qui flottait dans l'air brouillait encore plus les cartes. Au fond, il y avait une scène, à peine surélevée. De là où on était, on voyait à peine les musiciens. Charlie m'a attrapé par la manche et m'a entraîné devant. Ils n'étaient que cinq sur les planches. Un batteur, un contrebassiste, un pianiste, un joueur de saxophone et un trompettiste. Cela dénotait avec le grand orchestre de la semaine précédente. Et il n'y avait pas de danseuses ni de chanteurs ! Rien que de la musique. Et quelle musique ! Les musiciens jouaient tambour battant. Ils portaient leurs chemises manches relevées et cols largement ouverts. Ça transpirait et ça tapait du pied avec rage. La semaine précédente, tout était propre, tout était beau et bien rangé. Jusqu'au plus petit nœud papillon. Ici, ça ne sentait pas le luxe mais la sueur.

Le batteur martelait un rythme effréné, faisant voler ses baguettes comme un magicien au-dessus des fûts de sa batterie. Il faisait claquer sa caisse claire comme un dératé. Le contrebassiste, un certain Jimmy Blanton, que j'allais recroiser bien plus tard aux côtés de Duke Ellington, pinçait ses cordes en se balançant avec ivresse, ses doigts courant avec frénésie sur le manche de son instrument. Je ne le savais pas encore, mais celui-là, il venait de Chattanooga dans le Tennessee. Le pianiste, lui, n'arrêtait pas de tourner la tête pour croiser les regards des autres musiciens. Il frappait les touches de son piano avec une telle force qu'on aurait dit qu'il essayait de les enfoncer une bonne fois pour toutes. Il avait un sourire aussi large que son clavier.

Dans la salle aussi, l'ambiance était électrique. Les hommes avaient posé leurs vestes sur le dossier des chaises et les femmes faisaient tourner leurs jupes au rythme du charleston. Les verres n'en finissaient plus de s'entrechoquer. Comme si à chaque minute, on trouvait un événement à célébrer. C'était incroyable. Les Noirs et les Blancs étaient dans la même pièce et s'amusaient au son de la même musique. On échangeait, on se tapait sur l'épaule, on se faisait passer les bouteilles. Ici, la ligne de couleur était plus fine que je ne l'avais jamais vue.

Dans un coin de la salle se tenait un homme sur lequel je n'ai pas pu empêcher mon regard de s'attarder quelques secondes. Il était blanc, pas très grand, et sur son visage, on distinguait plusieurs cicatrices. Même de là où j'étais. Il avait l'air absorbé par le spectacle. Tout comme Charlie.

« Allez, Sonny ! Concentre-toi un peu et ouvre bien grand les oreilles ! On ne va pas rester toute la nuit. »

Il avait raison. J'ai braqué mes yeux et mes oreilles sur la scène en attendant avec impatience le moment où le saxophoniste allait se lancer à son tour dans un solo endiablé. Je n'ai pas attendu bien longtemps. Le batteur a balancé un roulement de caisse claire juste avant d'étouffer sa rythmique. La mélodie du piano a repris le dessus et a ouvert l'espace au saxophone. Je n'en ai pas perdu une seule note. Quand le morceau s'est terminé, j'ai applaudi en hurlant de plaisir. C'était un des plus beaux jours de ma vie.

« Qu'est-ce que tu fais là, petit ? »

Charlie et moi, on s'est retournés. L'homme était grand et contrarié.

« Il est avec vous ? a-t-il lancé à Charlie.

– Il est avec moi !

– Je le trouve un peu jeune pour être ici, non ? »

C'était la première personne qui semblait remarquer la présence d'un gamin de quatorze ans à cette soirée.

« Nous n'allons pas rester longtemps, je vous l'assure, a répondu Charlie. On écoute un morceau de plus et on s'en va. Si vous le permettez...

– Je crois plutôt que vous devriez... »

L'homme s'est retourné à son tour. Une main venait de se poser sur son épaule.

« Voyons, Max. Tu ne sais pas à qui tu t'adresses ? C'est Charlie Green qui se tient devant toi. Alors tu vas le laisser respirer un peu, tu veux ? »

C'était l'homme aux cicatrices que j'avais repéré un peu plus tôt. Il avait un fort accent italien. Et les cheveux très bruns.

Max n'a pas discuté.

« Excusez-le, monsieur Green. Je vous en prie, restez un peu plus. Mais Max a raison, si la flicaille débarque... vous comprenez... »

Charlie a hoché la tête. Je me suis tourné vers Charlie. Il avait quelques secrets à me dévoiler.

L'homme aux cicatrices nous a salués avant d'aller glisser quelques mots à l'animateur de la soirée. Ce dernier n'a pas tardé à remonter sur scène pour annoncer la suite du programme.

« Mesdames et messieurs, ce soir, nous avons l'honneur d'accueillir un musicien qu'on ne présente plus. Vous ne l'avez peut-être jamais vu mais vous en avez forcément entendu parler. Enfin sauf si vous débarquez à l'instant même du fin fond du Kentucky ! Mesdames et messieurs, je vous demande d'applaudir monsieur Charliiiiie Greeeeeen ! »

Charlie m'a attrapé par la manche et a essayé de nous faire traverser la foule direction la sortie. Mais c'était peine perdue. Beaucoup de gens s'étaient tournés vers nous, vers Charlie, et applaudissaient avec une ferveur que je ne comprenais pas. Les musiciens étaient de retour sur scène. Ils attendaient que Charlie les y rejoigne.

« Écoute, Sonny, ça te dirait de te souvenir de cette soirée toute ta vie ? » m'a glissé Charlie à l'oreille.

Je l'ai regardé avec des yeux incrédules. Je n'avais aucune idée de ce qu'il mijotait.

« Allez, viens ! »

Il n'avait toujours pas lâché ma manche et je l'ai laissé m'attirer avec lui sur la scène. Il a échangé quelques mots avec l'animateur et les musiciens, à voix basse. Je ne comprenais pas ce qui se passait. Quelques secondes plus tard, j'avais un saxophone autour du cou et Charlie s'était assis derrière le piano. Les lumières se sont tamisées et le silence est tombé sur la salle.

« Sonny, tu es prêt. Il n'y a pas de souci. Souviens-toi, c'est ton âme qui chante dans ton saxophone ! »

« Il n'y a pas de souci »

Cette phrase, je l'entends encore comme si Charlie était à côté de moi. On en a souvent rigolé, tous les deux.

« Il n'y a pas de souci ! »

On en a rigolé, oui, mais beaucoup plus tard.

Charlie m'a soufflé la tonalité du morceau qu'il allait jouer ainsi que les quelques changements qui le jalonnaient. Puis il a commencé à faire danser ses doigts sur les touches noires et blanches du piano. J'ai serré le saxophone dans mes mains. Les clés étaient à leur place mais la chaleur et le trac faisaient glisser mes doigts.

« Allez, Sonny ! On est comme sur le toit... laisse-toi aller... »

Dans la salle, j'entendais des murmures impatients. Les gens commençaient à se demander si j'allais finir par leur sortir une note. Je me suis retourné vers Charlie pour ne plus voir les silhouettes en face de moi. La mélodie qu'il jouait était magnifique. Lente et enivrante. J'ai fermé les yeux et je me suis concentré sur mon ventre. J'ai pris quelques longues inspirations. Et je me suis lancé.

J'ai commencé par reprendre la mélodie que j'avais perçue depuis ma chambre, la première fois que j'avais entendu

Charlie jouer. Au début, j'ai senti que mes notes étaient fragiles, hésitantes. Puis, petit à petit, le piano m'a embarqué. J'ai oublié le public, les murmures, le bruit des verres. C'était la première fois que je jouais ainsi, avec une mélodie de piano comme support à ma propre inspiration. C'était la première fois et pourtant, j'ai eu l'impression que c'était la chose la plus naturelle, la plus simple au monde. Les accords et la mélodie que Charlie jouait au piano me montraient le chemin. Je n'avais plus qu'à le suivre. Nos notes se croisaient, se faisaient des clins d'œil, s'interrogeaient et se répondaient dans un dialogue aussi maîtrisé qu'improvisé.

Quand le morceau a touché à sa fin, le silence étourdissant qui a traversé la salle m'a fait ouvrir les yeux. Avais-je rêvé ? Pourquoi n'y avait-il plus un bruit ? Les lumières sont redevenues un peu plus fortes et je les ai vus. Tous ces visages tournés vers moi. Quelle sensation incroyable ! À ce moment-là, j'ai su que là où nous nous étions envolés, Charlie et moi, on avait emmené toute la salle avec nous. Des mains ont commencé à claquer et bientôt, les applaudissements ont fait trembler mes jambes. Charlie a salué la foule humblement et a posé la main sur mon épaule. Puis il m'a fait signe de le suivre. On est descendus de la scène. J'ai cru que j'allais tomber tellement mes jambes tremblaient. L'animateur s'est précipité vers le micro :

« Mesdames et messieurs, applaudissez-les bien fort : Charlie Green et... »

Je me suis tourné vers la scène pour regarder l'animateur. Il me fixait. Il attendait que je lui donne mon nom. J'ai commencé à ouvrir la bouche mais quelqu'un a été plus rapide que moi. Du fond de la salle, une voix féminine, rocailleuse et empreinte d'un accent créole s'est élevée et tout le monde s'est retourné.

« Le petit prince de Harlem ! C'est comme ça qu'on l'appelle, ce gamin-là ! Le petit prince de Harlem ! »

Il y a eu un silence circonspect puis l'animateur a repris :

« Charlie Green et le petit prince de Harlem, mesdames et messieurs ! »

Les applaudissements ont explosé à nouveau.

« Allez, Sonny ! Il vaut mieux sortir avant que ta tête ne passe plus la porte. »

J'ai suivi Charlie en offrant de grands sourires à droite et à gauche. Les gens me félicitaient, me frottaient la tête amicalement, me tapaient sur l'épaule. « Sacré morceau, p'tit ! », « Reviens quand tu veux, gamin ! », « Préviens-moi la prochaine fois que tu passes dans le coin ! » « Tu m'as foutu la chair de poule, p'tit prince ! »

J'ai à peine eu le temps de saluer Madame St-Clair qui m'a fait un clin d'œil en me collant une bonne gifle sur la joue. Puis elle a levé son verre.

« Au petit prince de Harlem ! Je savais bien que t'étais pas n'importe qui, gamin... »

Je lui ai souri et j'ai jeté un dernier coup d'œil à la scène. Le groupe reprenait son set sur un rythme complètement dingue. Puis Charlie et moi, on est sortis pour de bon.

Dehors, tout le monde usait ses souliers sur le bitume, mais moi, c'est sur du coton que mes pieds se posaient. Je me sentais aussi léger qu'un nuage.

« Quand tu auras fini de sourire comme un idiot et que tu pourras à nouveau articuler quelque chose, tu me raconteras comment tu connais Madame St-Clair, Sonny ? Parce que c'est pas vraiment le genre de fréquentation qu'approuverait ta mère, si tu veux mon avis ! »

J'ai mis quelques minutes à retrouver mes mots.

« Toi aussi, t'as des choses à me raconter ! Tu ne m'avais même pas dit que tu jouais aussi du piano...

– Si t'avais débarqué sur le toit avec un piano sous le bras, peut-être que je t'en aurais parlé… »

Il a ricané comme un idiot.

« Et pourquoi tout le monde te connaît ? Hein ? T'es une sorte de légende des clubs de Harlem ?

– Laisse tomber, Sonny ! Ce soir, je suis tombé sur des vieilles connaissances, c'est tout. »

Il a rigolé de plus belle. Il me menait en bateau et la situation l'amusait beaucoup.

« C'était qui cet homme avec les cicatrices au visage ? Et pourquoi il te parlait comme si t'étais le président ?

– Ne change pas de sujet. Raconte-moi un peu comment tu l'as rencontrée, la petite reine ! »

On était presque arrivés. Il y avait un peu moins de monde sur les trottoirs. Je pensais à ma mère. Je me demandais si elle allait me croire. J'étais monté sur scène et j'avais bluffé tout le monde. J'étais fier comme un coq.

« Bon, je vois que c'est pas la peine d'insister, a poursuivi Charlie, comprenant que je n'avais pas envie de cracher le morceau. Mais fais bien attention à toi, Sonny ! T'es pas fait pour la truande, j'espère que tu l'as compris, ça. Toi, tu as la chance d'avoir un don. C'est rare. Ça serait dommage de tout gâcher, tu comprends ? »

Charlie s'est arrêté et m'a attrapé le bras. On était presque en bas de l'immeuble. On a parlé de ce qui s'était passé sur scène. Je crois que ça l'a rassuré un peu. Quand on a ouvert la porte, j'étais excité comme une puce. Ils n'allaient pas en croire leurs oreilles !

« Il n'y a personne ? j'ai demandé en découvrant que la cuisine était vide.

On n'était pas partis plus d'une heure et demie et je m'attendais à voir mon oncle et ma tante encore attablés avec ma mère.

« On est là, Sonny. »

C'était Félicia. Sa voix venait de la chambre.

« Qu'est-ce qui se passe ? »

Ma était couchée et ma tante était assise à ses côtés.

« Elle a beaucoup de fièvre, elle vient de s'endormir. »

Peu après notre départ, Ma avait commencé à tousser. Elle avait fini par tomber par terre et avait craché du sang. À nouveau.

« On a failli l'emmener à l'hôpital cette fois-ci. »

Mais elle avait refusé. À nouveau. Je me suis agenouillé près de ma mère.

« Ma ? C'est moi, je suis rentré.

– Elle vient de s'endormir, Sonny. Avec les pilules qu'elle vient d'avaler, elle en a pour la nuit. »

Son front était brûlant. Quand allait-elle pouvoir se passer de ces foutues pilules ? Charlie est resté un peu avec nous puis il est rentré chez lui.

« Va te coucher aussi, ai-je dit à ma tante après un moment. Je suis là, je vais rester près d'elle.

– Au moindre souci, tu viens frapper, d'accord ?

– Ne t'inquiète pas ! »

Félicia m'a pris dans les bras puis est allée rejoindre Joseph. Je me suis assis à côté de ma mère et je lui ai lu quelques passages de la Bible. Peut-être qu'elle m'entendait.

*

Le lendemain matin, j'ai senti une main me caresser la joue et je me suis doucement réveillé. La fièvre de ma mère était retombée. J'étais allongé sur le plancher.

« Comment s'est passée ta soirée, Sonny ?

– Bien. »

Je suis allé lui chercher un verre d'eau et me suis rassis par terre.

« Tu sais, cette nuit, a-t-elle continué, j'ai rêvé que tu étais devenu un prince. Un prince qui enchante les gens en leur jouant de la musique. Et tu t'envolais dans le ciel et tout le monde te suivait... »

J'ai souri en me disant que, d'une façon ou d'une autre, ma mère avait réussi à être là.

Pour moi aussi, cette histoire de petit prince, ça aurait pu ne devenir qu'un vague souvenir, une sensation un peu floue qui s'efface au fil du temps. Un rêve que l'on finit par oublier.

Mais ces applaudissements, cette ferveur, je ne les avais pas imaginés. Et ce n'était qu'un début.

Chapitre 15

Le petit prince de Harlem à l'affiche

La nuit était tombée et j'étais à la maison avec Brunswick et Tulsa qui dessinaient sur la table de la cuisine. On n'avait jamais reparlé de ce qui s'était passé à l'école. Même pas quand Tulsa m'avait ramené le béret que j'avais laissé tomber en m'enfuyant. Le soir même, elle avait frappé à la porte et me l'avait tendu, je l'avais pris sans rien dire et j'étais allé le ranger dans ma chambre. Je ne l'ai plus jamais remis.

Quelqu'un a frappé à la porte et ma mère s'est levée pour aller ouvrir. C'était Charlie. Elle lui a proposé une tasse de thé et ils se sont assis à la table de la cuisine. Brunswick est rentré chez lui mais ma mère a invité Tulsa à rester un peu. Ses parents n'étaient pas encore rentrés. J'ai vite compris que ce que Charlie avait à me dire, il en avait déjà parlé à ma mère. Même si elle a fait mine de découvrir les choses en même temps que moi. Ma était la plus belle et la plus gentille des mamans qu'un enfant pouvait espérer, mais ce n'était pas une actrice, ça, c'est sûr.

« Alors qu'est-ce que t'en dis, Sonny ? »

Je n'arrivais pas à y croire. Le patron du club dans lequel on avait joué, Charlie et moi, quelques jours plus tôt nous proposait de rejouer pour lui, dans les multiples endroits qu'il possédait.

« À chaque fois, on assurerait les pauses du groupe. On ne jouerait jamais plus d'une vingtaine de minutes à la suite. Mais déjà, ça va nous demander du travail ! Je te parle de deux ou trois sets de vingt minutes par soir, là ! Et ce genre de type qui fait tourner les musiciens, ça aime la musique, ça sait reconnaître le talent et l'originalité, mais c'est aussi sacrément exigeant. Les rigolos qui se reposent sur leurs lauriers, ils retournent vite fait d'où ils viennent ! Tu me suis ? »

Et comment que je le suivais !

« Mais toi, comment tu vas faire ?

– Si tu me promets d'être sérieux, Sonny, je lâche mon boulot à l'hôtel. Je peux pas te laisser seul sur scène. Tu comprends, sans le piano, on entendra toutes tes fausses notes ! »

J'ai souri comme un enfant et j'ai promis. Une centaine de fois ! Ma mère ne disait rien. Elle était déjà au courant, je m'en doutais, mais je ne comprenais pas pourquoi elle semblait si disposée à me laisser sortir le soir. Cela ne lui ressemblait pas.

« Tu as compris, Sonny ? Tu arrêtes les livraisons de journaux ! »

Elle a posé une main sur mon bras et m'a regardé avec des yeux suppliants. Elle avait l'air si fatiguée. J'ai posé ma main sur la sienne. Elle était brûlante.

« Oui, Ma. Je vais arrêter les livraisons de journaux. »

Les livraisons de journaux ? Je crois qu'autour de la table, plus personne ne croyait à cette histoire. Même pas Tulsa.

« Et tu écouteras bien ce que te dit Charlie, hein ? Tu promets ?

– Oui, Ma. »

Je l'ai serrée dans mes bras aussi fort que je le pouvais et je me suis excusé. J'avais besoin d'air.

Sur le toit, près de la grande cheminée, je me suis assis et j'ai pleuré toutes les larmes de mon corps. Au fond de mon cœur, je savais que ma mère allait bientôt me quitter. Je l'avais lu dans les yeux de Félicia. Dans ceux de Joseph aussi. Je l'avais surpris plusieurs fois en train de sangloter, assis aux côtés de sa petite sœur. Mais j'avais fait semblant de ne pas voir, je n'avais pas envie de comprendre.

Quand Tulsa m'a rejoint, elle n'a rien dit. Elle s'est serrée contre moi et a posé son petit bras sur mes épaules pour me consoler. Je crois qu'elle aussi, elle avait compris.

*

Dès le lendemain matin, Charlie et moi, on s'est mis au travail. Sur le toit de l'immeuble. On avait rendez-vous deux jours plus tard dans un club de Lenox. L'homme aux cicatrices voulait s'assurer qu'il ne se trompait pas et nous mettait à l'épreuve. Une soirée, trois sets de vingt minutes. C'était le contrat. Si on l'honorait, on passerait à la vitesse supérieure c'est-à-dire quatre soirées par semaine. Chaque semaine !

« Charlie ? Cet homme aux cicatrices, c'est un...

– C'est un gangster, Sonny ! Ni plus ni moins. Un homme dangereux. Comme tous les types dans son genre... »

Charlie a posé son saxophone sur ses genoux et m'a regardé dans les yeux.

« D'une manière ou d'une autre, tous les clubs sont tenus par des mafieux, aujourd'hui, c'est comme ça. Depuis que l'alcool est interdit et que le trafic s'est développé, les clubs sont devenus les commerces les plus rentables de Harlem. Les mafieux arrosent les politiciens et les flics et tout le monde est content. Ils s'en mettent tous plein les poches et le *moonshine* coule à flots. »

La prohibition.

« Parfois, il y a une descente et un stock de liqueur est saisi. Mais faut pas s'y tromper, tout est organisé. Tout est prévu. Il faut bien que les braves gens pensent qu'on fait appliquer la loi dans ce pays. Un article dans le journal de temps en temps et le tour est joué.

– Pourquoi tu fais ça, Charlie ? Pourquoi tu quittes ton boulot pour retourner sur scène ? »

Il ne m'en avait toujours pas parlé, mais j'avais bien compris que Charlie Green, ça avait été un sacré numéro. Un musicien qui avait marqué les esprits. À une époque sûrement pas si lointaine. Mais il avait fini par raccrocher et je ne savais pas pourquoi.

« La scène, les gens qui dansent, qui s'amusent en buvant tout leur soûl, les applaudissements, un jour, je n'ai plus supporté. Ça ne me correspondait plus. »

Pourtant, comme il me l'a expliqué ensuite, un musicien pouvait très bien gagner sa vie.

« Mais l'argent, ça ne suffit pas. Pour jouer, il faut ouvrir son cœur. Rester fidèle à ce que l'on est. Et quand tu ne ressens plus rien, à quoi bon ? »

Il a fait une courte pause avant de poursuivre.

« N'oublie jamais ce que je t'ai dit la première fois, Sonny : c'est ton âme qui chante dans ton saxophone. C'est ça qui donne sa force à ta musique. Tu pourras toujours faire illusion devant quelques-uns mais la musique, elle, tu ne la tromperas jamais. Si tu commences à trop t'admirer dans le miroir et que tu passes plus de temps à faire briller tes chaussures qu'à travailler, elle te laissera à ton ego et ira danser avec quelqu'un de plus sincère. Et elle aura bien raison. »

On s'est tus quelques instants et j'ai réfléchi à ce que Charlie venait de me dire. Et à ce que je ressentais quand je soufflais dans mon saxophone.

« Allez, c'est pas le tout de jacasser, on a deux jours pour se préparer. »

On a sanglé nos instruments et on s'est mis au travail.

La soirée de mise à l'épreuve s'est déroulée comme dans un rêve et bientôt, les premières affiches annonçant que Charlie

Green et le petit prince de Harlem se produisaient en ville ont commencé à recouvrir les murs de Harlem.

Je me souviens de ce que j'ai ressenti la première fois que j'ai vu ma trombine et celle de Charlie placardées sur un mur de Lenox Avenue. J'ai tremblé d'excitation. Je me suis retourné pour voir si quelqu'un me regardait. J'avais envie de crier à tout le monde : « Hey, vous avez vu, c'est moi, là ! Le petit prince, c'est moi ! »

J'étais complètement inconscient. Mais ça n'allait pas durer longtemps.

Chapitre 16

Quand s'éteint la lumière des projecteurs

Cela devait faire déjà trois semaines que Charlie et moi, on écumait les clubs le soir. À raison de quatre soirs par semaine. Quand je repense à tout ça, je m'étonne de la vitesse à laquelle je me suis habitué à cette vie. Quand je faisais mon apparition, on m'applaudissait comme une star de cinéma. Heureusement, Charlie me remettait très vite les idées en place. Il veillait sur moi. Je n'avais que quatorze ans, après tout.

Tous les soirs, quand on montait sur scène, l'homme aux cicatrices était là, caché quelque part au fond de la salle. Je ne crois pas qu'il ait raté une seule de nos prestations. À chaque fois que je le voyais, avec ses yeux froids et impassibles, je repensais à ce que m'avait révélé Charlie et je me disais qu'à la moindre fausse note, je retournerais sur mon toit, là où seuls les oiseaux pourraient juger de la qualité de ma musique.

« Allez, à vous, les gars ! On va boire un coup à vot' santé !

Les cinq musiciens ont quitté la scène pour prendre leur deuxième pause et Charlie et moi, on s'est mis en place pour commencer notre second set. Comme d'habitude, les lumières se sont tamisées. J'ai laissé Charlie planter le décor au piano puis je l'ai rejoint en soufflant mes premières notes dans un murmure. L'exercice était toujours le même et pourtant, à chaque fois, c'était différent. La musique nous emmenait toujours là où nous n'étions encore jamais allés. C'était magique.

Quand les deux hommes sont entrés dans la salle, bien sûr, je n'ai rien remarqué. J'étais ailleurs. Je flottais sur la mélodie de Charlie, je rebondissais, je m'éclipsais, je réapparaissais et je bondissais à nouveau. Je restais en l'air quelques instants, je survolais le monde... Puis les gens ont commencé à protester et une bousculade a éclaté. Des voix se sont élevées et là, j'ai ouvert les yeux.

Je les ai reconnus tout de suite.

Les hommes de Dutch Schultz.

Je suis redescendu sur terre en une fraction de seconde et mon souffle s'est éteint. Je les avais complètement oubliés. J'ai vu leurs bras se lever. Je crois que je les ai vus sourire. Ils avaient chacun un revolver dans la main.

Ils les ont braqués sur moi.

Deux détonations ont résonné.

Ensuite, c'est le trou noir.

J'étais mort.

Quand je me suis redressé, d'un seul coup, j'ai essayé d'aspirer tout l'air de la pièce. J'avais l'impression d'étouffer. Comme si on m'avait donné un coup de marteau sur la poitrine et que mes poumons n'étaient plus que deux ballons complètement dégonflés.

« Sonny, tu m'entends ? Sonny ? »

J'ai tourné la tête. C'était Charlie.

J'ai mis du temps avant de lui répondre. Je ne savais plus ni où j'étais, ni ce qui venait de se passer. Pourquoi Charlie me regardait-il comme ça et pourquoi avais-je aussi mal ?

« Il faut qu'on déguerpisse, Sonny ! Tout de suite ! Les flics vont pas tarder. Allez, viens ! »

Il a essayé de me mettre debout et je ne l'ai pas beaucoup aidé.

« Qu'est-ce qui se passe ? Qu'est-ce qui se passe ? J'ai mal !

– Plus tard, Sonny ! Allez, aide-moi un peu... »

J'ai réussi à me lever et j'ai retrouvé mes esprits, doucement.

Mon saxophone gisait par terre. Il avait changé de forme. Je me suis baissé pour le ramasser en me demandant si mes yeux fonctionnaient correctement.

« Tu peux lui dire merci, Sonny. Il t'a sauvé la vie ! »

Je me suis laissé entraîner à travers les coulisses où tout le monde courait dans tous les sens. Les musiciens pliaient leur matériel à la hâte pour déguerpir au plus vite. Personne ne voulait être dans le coin quand la police arriverait.

« Charlie ? Qu'est-ce qui s'est passé ? »

Je me suis arrêté. Les images me revenaient.

« Ils sont où ?

– Ils sont étendus devant la scène. Eux, ils n'avaient pas de saxophone pour les protéger. »

Pourquoi je n'étais pas mort ? Comment était-ce possible ? Ce soir, assis sur mon banc, à griffonner ce cahier, je me pose encore la question.

On est sortis du club par la porte de derrière.

« Elle va mourir, ma mère, hein ? »

Charlie n'a pas eu l'air surpris par ma question. Il m'a regardé dans les yeux et j'ai su qu'il n'avait pas l'intention de me mentir.

« Elle est très malade, Sonny. »

On a continué de descendre Lenox tant bien que mal. Charlie me soutenait et moi, j'essayais de ne pas lâcher ce qui restait de mon saxophone.

« Qu'est-ce qui s'est passé ? Pourquoi je ne suis pas mort ?

– Je crois que tu as une bonne étoile plus grosse que la moyenne, Sonny. »

On m'avait tiré dessus deux fois.

« Et les deux types ? Qu'est-ce qui leur est arrivé ? »

Charlie a repris son souffle. Je crois que j'avais de plus en plus de mal à tenir debout et que je pesais lourdement sur ses épaules.

« Le patron les a abattus avant qu'ils ne tirent une seconde fois. »

À ce moment-là, j'ai senti mes jambes me lâcher. On arrivait devant notre immeuble. Je ne pensais plus qu'à rejoindre ma mère.

J'ai monté les escaliers tant bien que mal, grâce au soutien de Charlie. Arrivé devant ma porte, je lui ai dit bonne nuit. J'allais essayer de me coucher sans faire de bruit. Qu'est-ce qu'on pouvait bien faire ? Aller à l'hôpital ? À la police ?

« T'es sûr que ça va aller ? il m'a demandé.

– Ça va aller, ça va aller. »

J'avais mal partout mais par miracle, je n'avais pas la moindre égratignure. J'ai tourné la clé délicatement et j'ai ouvert la porte. Les lumières étaient éteintes. Il n'y avait pas un bruit. J'ai posé le saxophone sur la table de la cuisine et je suis allé rejoindre ma mère. Je me suis assis à côté d'elle. Sa respiration était faible.

« Tu es rentré, Sonny ? m'a-t-elle demandé dans un murmure. Comment c'était, ce soir ? »

J'ai mis quelques secondes à répondre.

« Ça a été, Ma. On a bien joué ce soir.

– Mon petit prince... »

Sa voix était à peine audible. Je me suis allongé par terre et j'ai posé ma main sur la sienne. Ça m'a fait du bien. Les battements de mon cœur ont commencé à s'espacer. Je retrouvais ce sentiment de sécurité que seule ma mère pouvait me procurer. Je me suis endormi comme ça.

Quand je me suis réveillé le lendemain matin, Ma était morte.

Chapitre final

Je me souviens de ce premier soir, celui qui m'a valu ce surnom, le petit prince de Harlem. Quel souvenir merveilleux ! Mais je m'égare et il ne me reste plus beaucoup de temps. Et je ne vais pas vous laisser sans le fin mot de l'histoire.

Cela s'est passé cinq jours après la fusillade.

J'étais à la maison, seul. Nous venions d'enterrer ma mère. Je l'avais laissée emporter avec elle ce qui restait du saxophone de mon père. J'étais perdu.

Quelqu'un a frappé à la porte. C'était un des hommes qui accompagnaient en permanence l'homme aux cicatrices. Un garde du corps ou quelque chose dans le genre. Il m'a salué par un léger signe de tête. Il y avait quelque chose dans ses yeux qui semblait partager mon deuil.

« De la part du patron », m'a-t-il simplement dit.

Il a poussé une grosse boîte vers moi. Il m'a à nouveau salué d'un signe de tête et il est parti.

La boîte sortait du magasin, il n'y avait pas encore une seule éraflure. Et elle n'avait pas encore de roulettes. Ça, c'est venu plus tard. Je l'ai ouverte et vous vous en doutez, j'y ai découvert un saxophone flambant neuf. Je n'ai pas eu le cœur de l'essayer tout de suite. Je ne l'ai même pas sorti de son étui. Il y avait aussi une photo et une petite carte. La photo avait été prise sur scène, dans un club. Mais c'était dommage, Charlie était de dos. Sur la petite carte, on pouvait lire :

« Pour le petit prince de Harlem, de la part d'un admirateur. »

J'ai remis la carte et la photo dans la boîte et je l'ai refermée.

*

Lentement, le temps a passé, le monde a continué à tourner. D'une certaine manière. J'étais orphelin et j'ai découvert le sens du mot solitude. Je suis devenu un fantôme. Pas de ceux qui passent à travers les murs, non. Moi, c'était la vie qui me passait à travers. Je ne ressentais plus rien. J'étais vide. Je ne voulais plus voir personne. Personne.

À un moment donné, je me suis quand même décidé à sortir. Et j'ai commencé à explorer les rues de Manhattan. Le monde hors de Harlem. Celui dont ma mère m'avait protégé. J'ai marché pendant des heures et des heures. Pendant des jours. Je cherchais mon reflet dans les yeux des gens. J'ai regardé, j'ai observé. Et j'ai vu.

Au-delà des limites de notre quartier, j'ai senti ce que ma couleur de peau inspirait. Sans parvenir à comprendre pourquoi. Je n'ai d'ailleurs jamais compris.

Dans les rues du sud de Manhattan, les Noirs n'étaient bons qu'à balayer, à cirer les chaussures, à attraper les valises dans le coffre des taxis ou à ouvrir les portes des hôtels de luxe à des Blancs qui auraient très bien pu le faire eux-mêmes. Quand je croisais le regard d'un Blanc, je voyais bien qu'il se demandait ce que j'avais fait de mon balai.

Je me souviens qu'un jour, je suis entré dans un salon de coiffure en bas de la 5e Avenue. J'ai demandé à être coiffé et on m'a simplement répondu que dans ce salon, ils ne coiffaient pas les nègres. Que pour ça, il fallait remonter jusqu'à Harlem. Sans agressivité, sans haine. Chacun à sa place. C'était comme ça, c'était tout. Rentre chez toi ! Et c'est ce que j'ai fait.

Quand je me suis senti un peu mieux, je suis allé travailler avec Joseph, Camden et Pulaski à l'usine de confection. Mais cela n'a pas duré longtemps. Les usines à broyer les rêves, ce n'était pas pour moi. J'ai finalement soufflé dans ce saxophone étincelant que j'avais laissé de côté. Et la vie a commencé à retrouver un peu de sens. Avec Charlie, on a repris nos sessions sur le toit. Jusqu'à ce qu'il me demande ce que je voulais faire. Pour moi, les clubs de Harlem, c'était fini. Le petit prince était mort. Il était parti avec Ma. Tout comme notre appartement qui a vite été reloué.

Joseph et Félicia ont insisté pour que je reste avec eux. Les parents de Tulsa aussi m'ont proposé de m'accueillir. Depuis la mort de ma mère, ils étaient plus présents. Le départ de Ma, ça avait secoué pas mal de monde. Mais moi, je n'avais plus qu'une seule idée en tête, partir. Alors, j'ai dit au revoir à Tulsa et aux autres copains et, avec Charlie, on est partis.

Je ne me suis plus jamais arrêté. J'ai passé ma vie à partir.

D'abord, on est descendus jusqu'à La Nouvelle-Orléans pour assister au carnaval de Mardi gras. Je l'avais promis à Charlie. Le moins qu'on puisse dire, c'est qu'on n'a pas été déçus. Quelle fête ! J'm'en souviens comme si c'était hier. Toutes ces couleurs, tous ces chants et ces musiciens qui paradaient. C'était tout simplement extraordinaire. Avec Charlie, nos saxophones autour du cou, on a commencé à marcher dans la *second line*. Ici, c'est comme ça qu'on appelle les gens qui suivent les musiciens dans la parade, la deuxième partie du cortège. Puis progressivement, on a remonté la foule. Et on s'est retrouvés avec des trombones et des trompettes de tous les côtés. On nous a regardés bizarrement au début mais à la fin de la soirée, on était riches d'une centaine d'amis. C'est resté un merveilleux souvenir mais pendant ces quelques jours, j'ai également compris pourquoi en 1919, ma mère et Joseph avaient décidé de partir.

Dans le Sud, la haine envers les Noirs n'avait rien à voir avec le racisme ordinaire que j'avais entraperçu à New York. À La Nouvelle-Orléans, on risquait sa peau tous les jours, du matin au soir. Dans les yeux de certains Blancs, on pouvait voir la haine brûler comme un feu prêt à ravager une ville entière. Il suffisait d'une étincelle pour que tout s'embrase. C'était terrifiant.

Quand on est rentrés à Harlem, notre cher ghetto, on a soufflé un peu. Je me suis installé chez Charlie. Mais très vite, lui comme moi, on a tourné en rond. J'ai fini par le convaincre qu'il devait aller voir la tombe de son fils. C'est ainsi que, quelques semaines plus tard, on a traversé l'Atlantique, tels Phileas Fogg et Jean Passepartout. Jusqu'au cimetière américain de Romagne-sous-Montfaucon, près de Verdun.

En France, on a été accueillis comme des héros. Les gens nous remerciaient tout le temps d'être venus les aider pendant la guerre. Pourtant, Charlie et moi, nous n'avions rien fait. Partout où on allait, on nous proposait à boire et à manger. Et quand on sortait nos instruments, le visage des gens s'illuminait. La guerre était loin et le jazz, c'était la fête. L'insouciance et la décontraction. On était tellement bien que Charlie, lui, n'est jamais rentré. Il est resté près de son fils et des quatorze mille autres soldats américains tombés pendant l'offensive Meuse-Argonne. Je pense qu'il a joué pour eux jusqu'à ce que son âme rejoigne la leur.

Quand je suis revenu à New York, l'Amérique venait juste de tourner la page de la prohibition. On pouvait à nouveau y boire jusqu'à plus soif en toute légalité. Et la crise financière qui avait frappé Wall Street, ce fameux krach boursier du jeudi

24 octobre 1929, le jeudi noir comme on l'a appelé, n'en finissait pas de semer la misère. À Harlem, l'économie des clubs et des bars en était complètement bouleversée et les temps étaient devenus durs pour les musiciens. Ainsi que pour tout le reste de la population.

Beaucoup de choses avaient changé, mais ce qui m'a le plus ébranlé, ça a été l'absence de Tulsa. J'avais tellement envie de la revoir. Je lui avais même ramené une robe de Paris. D'après Joseph, ses parents avaient décidé de tenter leur chance à Chicago. Après quelques semaines à tourner en rond dans les rues de Harlem où la pauvreté ne faisait que s'accroître, je suis parti à sa recherche. C'est la dernière fois que je voyais mon oncle et ma tante. Ainsi que Chattanooga et les autres. Enfin, à part Charlotte que j'ai eu la chance de recroiser par hasard sur un trottoir de Sacramento bien des années plus tard. Mais ça, c'est encore une autre histoire...

Chicago, j'y ai passé des semaines. J'ai traîné partout où on m'a laissé aller. Parce que là-bas aussi, les Noirs avaient leurs quartiers attitrés. Chaque jour, je jouais sur un trottoir différent et quand j'avais réuni assez d'argent pour tenir jusqu'au lendemain, je me remettais en quête. Quand j'ai fini par retrouver la trace de Tulsa et de ses parents, c'était pour apprendre qu'ils étaient partis pour la Californie. J'ai récupéré deux roues sur un tricycle abandonné, je les ai fixées à l'étui de mon saxophone et, à mon tour, je me suis lancé sur la route des chercheurs d'or. Le voyage a duré trois ans.

Quand je l'ai retrouvée, Tulsa était devenue une jeune femme. Elle rayonnait tel un soleil au zénith. Derrière elle, il y avait une petite fille qui tenait à peine sur ses jambes. Isaac, l'époux de Nina, était un homme gentil et courageux. Nina et lui, et leur petite Eunice – oui, Nina avait choisi de donner le prénom de ma mère à sa fille – avaient l'air tellement heureux. Nina était bien sûr devenue bien trop grande pour mettre la robe que je lui avais ramenée, mais la petite Eunice la porterait quelques années plus tard. Elle n'arrêtait pas de sourire, cette petite-là.

Je suis resté quelques jours avec eux, dans leur petit appartement du nord de San Francisco. Je les ai quittés le cœur léger, avec le sentiment que le bonheur prenait encore le temps de rendre visite aux gens les plus simples. Des gens comme Nina et moi. Des petits Noirs qui avaient grandi sur un toit de Harlem.

Après la Californie, j'ai continué mon tour du monde des États-Unis d'Amérique. Et cela n'a pas duré quatre-vingts jours, mais toute une vie. Sur ma route, j'en ai croisé, des musiciens, les meilleurs, tous les grands. De Louis Armstrong à Fats Waller, en passant par Art Tatum et John Coltrane. Faut dire que je me suis souvent trouvé au bon endroit au bon moment, comme on dit.

Je me souviens d'un soir où je jouais sur un trottoir de Saint-Louis. Cela devait être en 1936 ou peut-être un peu plus tard. Duke Ellington s'est approché de moi, a fait tomber une liasse de billets dans l'étui de mon saxophone et m'a proposé de rejoindre son orchestre pour quelques dates. Le froid qui me gelait le bout des doigts m'a aidé à me décider. Je suis parti pendant trois semaines en tournée avec Ben Webster comme compagnon de chambre.

Je n'ai pas osé avouer à Duke que je l'avais vu des années plus tôt, mais que je n'en avais pas gardé un souvenir impérissable. En revanche, lui, un soir, il m'a demandé si je n'avais pas entendu parler d'un certain petit prince de Harlem qui avait, en l'espace de quelques semaines seulement, inscrit son nom dans la légende. Il m'avait regardé avec insistance, avec ses deux gros yeux rieurs et son sourire en coin. Mais je n'ai rien dit. Il n'était pas le premier à me faire ce coup-là.

Avant de me coucher, j'ai collé un pansement sur la petite gravure de mon saxophone.

Quelques jours plus tard, Duke m'a proposé de l'accompagner en studio. J'ai gentiment décliné l'invitation et je suis parti. Cette vie-là, ce n'était pas pour moi. Les galas, les tournées, les studios, les contrats, le prestige, les hôtels, c'était comme l'usine et le loyer, un cercle vicieux. Une version beaucoup plus confortable, c'est sûr, mais le principe était le même. Une fois qu'on avait le pied dedans pour de bon, on n'en sortait plus.

Quand je lui ai annoncé que je partais, Ben Webster m'a dit que j'étais fou. Lui, il était prêt à rester prisonnier de sa chambre d'hôtel toute sa vie.

« Tant que les draps sont en soie et que le minibar est plein », s'était-il esclaffé dans un rire tonitruant.

Qu'est-ce qu'on a rigolé ce soir-là !

Mais il n'y a rien eu à faire, et au petit matin, Ben s'est avoué vaincu. Et une fois de plus, je suis reparti sur la route, avec ma valise à roulettes et cette douce solitude qui, avant de m'offrir les plus belles rencontres, a toujours pris le temps de faire un petit bout de chemin avec moi.

Mais je commence à entendre le piano de Charlie qui s'impatiente. Sa mélodie tourne en rond, tout autour de moi. Il est temps pour moi d'entrer en scène. Et autour de Charlie et de son piano, il y a du monde qui m'attend. Je dois y aller...

Vous savez tout à présent, ce saxophone que je traîne avec moi depuis si longtemps, il m'a été offert par un parrain de la pègre qui avait échappé à la mort tellement souvent qu'on l'avait surnommé « le chanceux ». Tous ceux qui ont croisé sa route n'ont pas forcément eu autant de veine. Il appréciait la musique des clubs de Harlem. Peut-être qu'elle lui rappelait les fanfares populaires de sa Sicile natale.

En tout cas, c'est grâce à lui que j'ai commencé à comprendre que les lignes qui nous séparent les uns des autres, finalement, elles ne sont que dans nos têtes. Même si certains essaient de nous faire croire le contraire. Quand on prend un peu de hauteur, qu'on observe tout ça de là-haut, on s'en rend compte plus facilement. Ce saxophone, si vous apprenez à lui parler, il vous y emmènera, là-haut... Même si vous auriez préféré tomber sur une trompette !

Allez, faites pas cette tête, je vous taquine, c'est tout...

La Nouvelle-Orléans,
Louisiane

Le soleil se lève à peine. Le ciel se pare doucement de bleu et de rose. Un jeune homme traverse la place Congo. Comme tous les jours, il passe par le poste central avant de prendre son service. Le vieil homme qu'il croise régulièrement depuis quelque temps est allongé sur un banc.

Le jeune officier s'approche. Le vieil homme ne bouge pas. Il a les yeux fermés. On dirait qu'il dort. Le jeune homme s'approche un peu plus près. Il se penche au-dessus du vieil homme et contemple son visage pendant quelques instants. Le vieux saxophoniste a l'air serein, apaisé.

Lui, au contraire, se sent perdu. Il repense à la façon dont ils se sont quittés la dernière fois. Tout à coup, il se sent plus seul que jamais. Il ne comprend pas pourquoi. Après tout, ce vieux, il le connaissait à peine...

Il sort son téléphone portable et passe un coup de fil. Un médecin sera là dans quelques minutes pour constater le décès.

Le jeune officier ramasse le saxophone, posé en appui contre le banc. C'est plus lourd qu'il ne l'aurait cru. Il y a un petit sparadrap qui se décolle sur le pavillon. Il ne l'avait pas remarqué avant. Il recouvre une minuscule gravure : *Le petit prince de Harlem.*

L'instrument a l'air vieux mais il semble en excellent état. Il le range soigneusement. Il ramasse ensuite le petit cahier qu'il a fait tomber en refermant la valise à roulettes. Il l'ouvre et y découvre une photo, glissée entre la couverture et la première page.

La photo est très vieille, jaunie et écornée. On y voit un gamin sur scène. Il souffle dans son saxophone devant une foule de gens, serrés les uns contre les autres. Il y a un pianiste derrière lui. De dos. Les quelques visages de profil qu'on peut observer dans le public, noirs comme blancs, révèlent des regards fascinés. Cette scène ! Il la connaît. Il retourne la photo mais rien n'y est mentionné. Mais il en est sûr, c'est la scène du Savoy Ballroom, un des clubs les plus mythiques du Harlem de la grande époque. Tous les plus grands s'y étaient produits. Et des photos prises dans cette salle, il en avait déjà vu des dizaines. Ce gamin, sur cette scène prestigieuse, ne devait pas avoir plus de treize ou quatorze ans.

Le jeune officier jette un regard au vieil homme. On dirait qu'il sourit.

Il reporte ensuite son attention sur le cahier qu'il tient entre ses mains et se plonge dans la lecture des premières lignes.

Qui je suis ?

Si Charlotte était là, il vous dirait que je ne suis plus qu'un vieux bouc bon pour la casse. Et pour le coup, il n'aurait pas tout à fait tort. Mais je préfère ne pas vous dire mon âge. Vous ne me croiriez pas de toute façon.

Ma vie, je l'ai passée à souffler dans mon saxophone. Avec lui, dès que je l'ai souhaité, je me suis envolé au-dessus du monde, au-dessus de toutes ces lignes qui séparent les hommes. Mais le voyage est bientôt terminé. Je le sais. Pour moi en tout cas.

Mon saxophone, c'est tout ce que j'ai. Et quand le moment sera venu de m'envoler pour de bon, c'est tout ce que je laisserai derrière moi.

Un instrument de musique comme un autre ? Ça, non ! Ce saxophone, il en a vu comme personne. Il a parcouru le pays en long, en large et en travers. Avec lui, j'ai joué avec plus de musiciens qu'il n'y a de poissons dans la mer. Il m'a suivi partout. De New York à La Nouvelle-Orléans, de Chicago à Sacramento, de Charlotte à Cleveland, de Miami à Albuquerque, de Détroit à Las Vegas. Une vie sur la route. On a dormi dehors par tous les temps, lui et moi. On est même allés jusqu'en France tous les deux.

Il n'est peut-être pas aussi étincelant que le jour où je l'ai pris dans mes mains pour la première fois, mais c'est quand même un sacré instrument et il a encore beaucoup de choses à dire. C'est pour ça que j'ai décidé de m'asseoir un peu, de sortir un stylo et de noircir quelques pages de ce cahier. Faut bien que je le présente à la personne qui va en hériter. Car j'espère bien que quelqu'un va continuer à le faire chanter. Et ça serait quand même dommage de souffler dedans sans savoir d'où il vient.

Mais je ne vais pas vous faire le coup de l'autobiographie. Et puis même si je le voulais, je crois que je ne le pourrais pas. Ça serait bien trop long et je n'ai plus le temps. Je vais essayer d'aller à l'essentiel. Je vais vous raconter comment, un jour, ce saxophone a atterri dans les mains d'un gamin qu'on avait surnommé le petit prince de Harlem. Et comme cette histoire, c'est la première et la dernière fois que je la raconte, je vais essayer de le faire bien. Enfin, du mieux que je peux. N'est pas Jules Verne qui veut !

Il faut donc que je commence par expliquer comment ce gamin, il est devenu un prince. Le petit prince de Harlem. Je me demande bien si quelque part, il existe encore quelqu'un qui a entendu parler de cette histoire. Ça s'est passé il y a si longtemps.

Le jeune officier ne peut s'empêcher de tourner la page pour poursuivre sa lecture.

Il y a des événements dans une vie qui sont plus importants que d'autres. Parfois, sans qu'on s'en rende forcément compte, une rencontre, une conversation changent le cours de notre existence, nous ramènent à ce que l'on est.

C'est un de ces moments-là qui ouvre cette histoire. Un moment qui change le cours d'une vie.

Mais ça, je ne l'ai compris que bien plus tard...

C'est peut-être parce que l'écriture d'un roman est un acte terriblement solitaire que l'on prend un plaisir si intense à le partager, une fois le travail terminé. Un grand merci à celles et ceux qui ont accepté de jeter deux yeux sur mon manuscrit.
Merci à Mireille, ma première relectrice.
Merci à Robert.
Merci à Justine.
Merci à Bruno.
Merci à Nora et à Elliot.
Une mention spéciale à Camille et à Vanessa pour leurs remarques pointues sur différents aspects du roman.
Merci à toute l'équipe Didier Jeunesse. Merci pour votre soutien, votre enthousiasme et votre gentillesse. Un grand merci à Michèle Moreau et à Mélanie Perry.

Enfin, une pensée pour Madame Stéphanie St-Clair, Queenie, la petite reine de Harlem. Si elle n'avait pas existé, mon petit prince n'aurait sûrement jamais vu le jour.

M. T.

FLOW

Mikaël Thévenot

Josh est ravi, sa rentrée au lycée s'annonce bien : Chaïma est dans sa classe et il devient ami avec Axel, un geek un peu spécial. Malheureusement, ses migraines, qui l'avaient longtemps épargné, reviennent, plus fortes que jamais. Mais cette fois, Josh est sous le choc : il réalise qu'il peut accéder aux pensées des personnes qui l'entourent, entendre leur « flot »...
D'abord seul face à cette incroyable révélation, il reçoit les conseils d'un mystérieux internaute qui semble en savoir beaucoup. Josh est déterminé à découvrir son identité pour comprendre ce qui lui arrive...

Tome 1

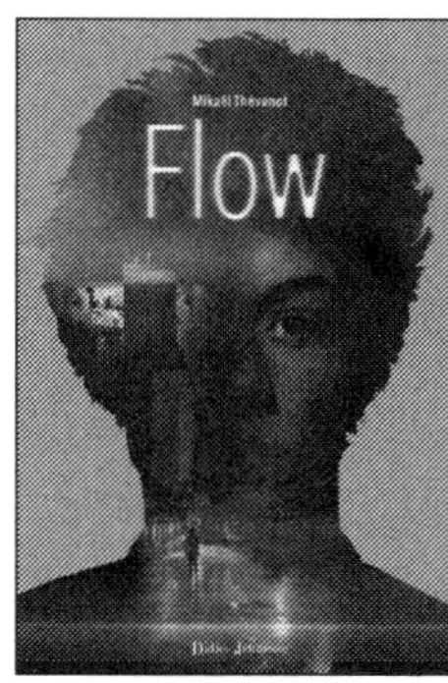

Tome 2

De Poitiers à Boston, une enquête au suspense haletant, digne d'un film d'action !

Prix des collégiens et lycéens de Charente 2018, Prix littéraire des collégiens « Le livre au cœur des collégiens en Piémont Cévenol » 2018, Prix littéraire de l'Estuaire 2018, Prix spécial du jury des collégiens de Villefranche-De-Rouergue, Prix du Roman Contemporain de la ville de Poitiers 2017.

« Entre thriller et fantastique, une aventure captivante. »
Je Bouquine

© D. R.

Mikaël Thévenot est né en 1977. Après être passé entre autres par Poitiers, Manchester, Lille ou encore Perpignan, il a aujourd'hui posé ses valises à Montpellier. Passionné de musique, il a participé à plusieurs projets en tant que guitariste ou batteur avant de se lancer dans une forme d'écriture un peu moins sonore. Après la sortie de *Flow 1* et *2*, son premier roman en deux parties, il fait l'acquisition d'un saxophone ténor, un instrument qui l'a toujours fasciné. Bien qu'il ne sache pas encore en jouer, il commence à souffler dedans avec enthousiasme. Ses proches et ses voisins ne l'entendent malheureusement pas de cette oreille. Qu'à cela ne tienne, il se lance alors dans l'écriture de son second roman, *Le Petit Prince de Harlem*, dans lequel le personnage principal, Sonny, apprivoisera à sa place le magnifique instrument.

60-62, rue Saint-André-des-Arts
75006 Paris
www.didier-jeunesse.com
Conception graphique et illustration de couverture : www.labonneadresse.graphics
Composition, mise en pages et photogravure : IGS-CP (16)
ISBN : 978-2-278-08988-8 • Dépôt légal : 8988/03
N° d'impression : 1903493
Loi nº 49-956 du 16 juillet 1949 sur les publications destinées à la jeunesse

Achevé d'imprimer en France, en juillet 2019, chez Normandie Roto Impression s.a.s. (Alençon), imprimeur labellisé Imprim'Vert, sur papier composé de fibres naturelles renouvelables, recyclables, fabriquées à partir de bois issus de forêts gérées durablement.